FELICIDADE

E OUTRAS HISTÓRIAS

Título original: *Bliss and Other Stories*
Copyright da tradução © Editora Lafonte Ltda. 2020
ISBN 978-65-86096-15-6

Todos os direitos reservados.
Nenhuma parte deste livro pode ser reproduzida por quaisquer meios existentes sem autorização por escrito dos editores.

Direção Editorial *Ethel Santaella*

REALIZAÇÃO

GrandeUrsa Comunicação

Direção *Denise Gianoglio*
Tradução *Otavio Albano*
Revisão *Valéria Thomé*
Capa, Projeto Gráfico e Diagramação *Idée Arte e Comunicação*

Dados Internacionais de Catalogação na Publicação (CIP)
(Câmara Brasileira do Livro, SP, Brasil)

```
Mansfield, Katherine, 1888-1923
   Felicidade e outras histórias / Katherine
Mansfield ; tradução Otavio Albano. -- São Paulo :
Lafonte, 2020.

   Título original: Bliss and Other Stories
   ISBN 978-65-86096-15-6

   1. Ficção neozelandesa I. Título.
```

20-35878   CDD-NZ823

Índices para catálogo sistemático:

1. Ficção : Literatura neozelandesa em inglês   NZ823

Maria Alice Ferreira - Bibliotecária - CRB-8/7964

Editora Lafonte

Av. Profª Ida Kolb, 551, Casa Verde, CEP 02518-000, São Paulo-SP, Brasil – Tel.: (+55) 11 3855-2100
Atendimento ao leitor (+55) 11 3855-2216 / 11 3855-2213 – atendimento@editoralafonte.com.br
Venda de livros avulsos (+55) 11 3855-2216 – vendas@editoralafonte.com.br
Venda de livros no atacado (+55) 11 3855-2275 – atacado@escala.com.br

Katherine Mansfield

FELICIDADE
E OUTRAS HISTÓRIAS

Tradução
Otavio Albano

Brasil, 2020

Lafonte

para John Middleton Murry

SUMÁRIO

PRELÚDIO 9

FELICIDADE 75

O VENTO SOPRA 95

PSICOLOGIA 103

CENAS 115

O HOMEM INDIFERENTE 129

UM DIA DE REGINALD PEACOCK 149

SOL E LUA 163

FEUILLE D'ALBUM 173

PICLES DE PEPINO 183

PRELÚDIO

I

Não havia lugar suficiente para Lottie e Kezia na charrete. Quando Pat as balançou sobre a bagagem, elas se desequilibraram; o colo da avó estava cheio, e Linda Burnell não seria capaz de segurar uma criança por distância nenhuma. Isabel, muito superior, empoleirou-se ao lado do novo faz-tudo no banco do motorista. Bolsas de viagem, sacolas e caixas foram empilhadas no assoalho.

"Há itens absolutamente necessários e não vou deixá-los longe da minha vista nem por um instante", disse Linda Burnell, sua voz tremendo de cansaço e excitação.

Lottie e Kezia mantiveram-se em pé no pedacinho de grama logo atrás do portão, prontas para o confronto em seus casacos com botões de âncora metálicos e boinas enfeitadas com laços de marinheiro.

De mãos dadas, elas encararam, com seus olhos arredondados e solenes, primeiro os itens absolutamente necessários e depois a mãe.

"Nós vamos ter que deixá-las. É isso. Simplesmente teremos que deixá-las para trás", disse Linda Burnell. Uma estranha risadinha escorreu de seus lábios; ela reclinou-se nas almofadas de couro botonê e fechou seus olhos, os lábios tremendo com a risada. Felizmente naquele momento a sra. Samuel Josephs, que acompanhava a cena por detrás das persianas de sua sala de visitas, surgiu requebrando os quadris pelo jardim.

"Por que a senhora não deixa as crianças comigo durante a tarde, sra. Burnell? Elas podem ir com o carregador quando ele vier no fim do dia. Essas coisas no caminho devem ir também, não é?"

"Sim, tudo que está aqui fora deve ir", disse Linda Burnell, mostrando com sua mão pálida as mesas e cadeiras de ponta-cabeça sobre o gramado. Como pareciam ridículas! Ou elas deveriam voltar à sua posição normal ou Lottie e Kezia teriam que ficar de cabeça para baixo também. Ela adoraria dizer: "Plantem bananeira, crianças, e esperem pelo ajudante". A situação lhe parecia tão cômica que ela não conseguia mais prestar atenção à sra. Samuel Josephs.

O corpo gordo e barulhento da sra. Josephs se inclinou no portão, e seu rosto grande e flácido sorriu. "Não se preocupe, sra. Burnell. Lottie e Kezia podem tomar chá com meus filhos no quarto de brincar e eu as deixo com o carregador à noite."

A avó ponderou: "Sim, essa é a melhor alternativa. Nós lhe somos muito gratas, sra. Samuel Josephs. Crianças, agradeçam à sra. Samuel Josephs". Dois pios desanimados: "Obrigada, sra. Samuel Josephs".

"Sejam boas garotas e... cheguem mais perto." Elas avançaram.

"Não se esqueçam de dizer à sra. Samuel Josephs quando quiserem..."

"Não, vovó."

"Não se preocupe, sra. Burnell."

No último momento, Kezia largou a mão de Lottie e disparou em direção à charrete.

"Quero dar um beijo de despedida na vovó de novo."

Mas era tarde demais. Já corriam pela estrada, Isabel transbordando de orgulho, seu nariz empinado para o mundo, Linda Burnell abatida e a avó remexendo nas bugigangas que guardara na sua bolsinha de seda preta no último momento, para achar algo para dar à sua filha. A charrete subia rapidamente a colina, brilhando sob a luz do sol e uma fina nuvem de poeira. Kezia mordeu o lábio, mas Lottie começou um choro – não sem antes encontrar seu lencinho.

"Mãe! Vovó!"

A sra. Samuel Josephs, como uma grande capa de bule preta, envolveu-a.

"Está tudo bem, minha querida. Seja corajosa. Vá brincar no quarto das crianças!"

Ela pôs o braço em volta da chorosa Lottie e a levou. Kezia foi atrás, fazendo uma careta para o fecho do vestido da sra. Samuel Josephs, aberto como sempre, com os dois cordões de renda rosa pendurados para fora...

O choro de Lottie cessou quando ela terminou de subir as escadas, mas sua visão à porta do quarto com os olhos e o nariz inchados deu muito prazer aos filhos da sra. Josephs, que estavam sentados em dois bancos diante de uma mesa coberta com uma toalha americana e cheia com imensos paratos de migas de pão[1] e duas chaleiras marrons fumegando.

"Olá! Você estava chorando!"

"Oh! Seus olhos afundaram!"

"O nariz dela não está estranho?"

"Você está toda vermelha e manchada."

Lottie fez sucesso. Ela percebeu e ficou toda orgulhosa, sorrindo timidamente.

"Vá sentar-se ao lado de Zaidee, lindinha", disse a sra. Samuel Josephs, "e, Kezia, sente na ponta, perto de Moses."

Moses sorriu e deu-lhe um beliscão quando ela se sentou, mas ela fingiu não perceber. Ela realmente detestava garotos.

"Qual você vai querer?", perguntou Stanley, inclinando-se sobre a mesa educadamente e sorrindo para ela.

"Com qual você quer começar, morangos com creme ou migas de pão?"

"Morangos com creme, por favor", disse ela.

"Ha! Ha! Ha!" Todos começaram a gargalhar e bater as colheres na mesa.

"Essa foi boa! Que tirada genial, não foi? Ele a enganou direitinho! Bom e velho Stan!"

"Ha! Ela achou que era de verdade."

---

1 Prato típico do período entreguerras, com fatias de pão mergulhadas em gordura animal. No original, *bread and dripping*. (N. do T.)

Até mesmo a sra. Samuel Josephs, que servia o leite e a água, não conseguiu conter o riso. "Vocês não deveriam provocar as meninas em seu último dia aqui", grunhiu ela.

Mas Kezia mordeu um grande pedaço de pão das suas migas e o colocou no alto de seu parato. Com a mordida, o pão fazia um portãozinho para a gordura bem bonitinho. Aah! Ela não ligava. Uma lágrima escorreu pela sua bochecha, mas ela não estava chorando. Ela não poderia chorar na frente desses horríveis filhos da sra. Samuel Josephs. Ela sentou-se com a cabeça para a frente e, quando a lágrima escorreu de sua bochecha, ela apanhou-a rapidamente com a língua, antes que alguém notasse.

II

Depois do chá, Kezia perambulou de volta para sua casa. Subiu lentamente os degraus dos fundos, passou pela área de serviço e foi até a cozinha. Não restava nada ali além de um amontoado de sabão amarelo em um canto do parapeito da janela da cozinha e, no outro, um pedaço de pano manchado e uma sacola azul. A lareira estava lotada de lixo. Ela cutucou-o, mas não conseguiu encontrar nada além de uma touca com um coração pintado, que pertencera à criada. Até isso ela deixou para trás e percorreu o corredor estreito até a sala de visitas. As persianas estavam baixadas sem se fechar totalmente. Longos raios de sol brilhavam através da abertura, e a sombra trêmula de um arbusto do jardim dançava sobre as linhas douradas. Agora parada, agora tremendo novamente, agora quase chegando nos pés dela. Zum! Zum! Uma mosca varejeira bateu no teto; nas tachinhas do carpete havia fiapinhos vermelhos grudados.

A janela da sala de jantar tinha um quadrado de vidro colorido em cada canto. Um era azul e o outro, amarelo. Kezia se abaixou para dar uma última olhada no gramado com copos-de-leite azulados crescendo no portão e no canteiro amarelo, com lírios amarelos e uma cerca amarela. Enquanto ela olhava, uma pequena Lottie chinesa surgiu no gramado e começou a limpar as mesas e cadeiras com a ponta do seu avental. Era realmente Lottie? Kezia não teve certeza até olhar pela janela comum.

No andar de cima, no quarto de seus pais, ela encontrou uma caixinha brilhante de comprimidos, preta por fora e vermelha por dentro, com um chumaço de algodão.

"Eu poderia guardar um ovo de passarinho aqui dentro", decidiu ela.

No quarto da criada havia um botão preso em uma rachadura do piso, e algumas contas e uma longa agulha em outra. Ela sabia que não havia nada no quarto de sua avó; Kezia ficara olhando-a fazer as malas. Ela voltou à janela e se debruçou nela, colocando suas mãos contra a vidraça.

Kezia gostava de ficar assim contra a janela. Ela gostava da sensação do vidro frio e brilhante nas suas mãos quentes e de olhar as pontas dos dedos esbranquiçadas quando os pressionava contra a vidraça. Enquanto estava ali, o dia se foi e veio a escuridão. Com a noite, furtivamente o vento começou a ofegar e uivar. As janelas da casa vazia tremeram, um rangido surgiu das paredes e do piso, um pedaço de ferro solto no telhado bateu de um jeito assustador. De repente, Kezia ficou paralisada, com os olhos arregalados e os joelhos colados um no outro. Ela estava apavorada. Ela queria chamar Lottie sem parar enquanto corria para baixo e para fora de casa. Mas AQUILO ainda estava atrás dela, esperando atrás da porta, no alto das escadas, ao pé das escadas, escondido no corredor, pronto para aparecer na porta dos fundos. Mas era Lottie quem estava na porta dos fundos.

"Kezia!", ela chamou animada. "O carregador está aqui. Já está tudo na charrete, com três cavalos, Kezia. A sra. Samuel Josephs nos deu um xale enorme para nos cobrirmos e ela disse para você abotoar bem seu casaco. Ela não vai sair por causa da asma." Lottie era muito afetada.

"Vamos lá, crianças", gritou o carregador. Ele prendeu seus dedos enormes embaixo dos braços delas e as levantou até a charrete. Lottie ajeitou o xale – da forma mais bonita– e o carregador enrolou os pés delas em um pedaço de cobertor velho.

"Levantem os pés. Assim fica mais fácil."

Elas podiam muito bem ser um casal de pôneis. O ajudante verificou as cordas que seguravam a carga, destravou o freio da charrete e, assobiando, subiu ao lado das meninas.

"Fique perto de mim", disse Lottie, "senão você puxa o xale todo para você, Kezia."

Mas Kezia esgueirou-se para o lado do carregador. Ele erguia-se tão alto quanto um gigante ao seu lado e cheirava a nozes e caixas de madeira novas.

III

Era a primeira vez que Lottie e Kezia ficavam fora até tão tarde. Tudo parecia diferente – as casas de madeira pintada aparentavam ser bem menores que durante o dia, os jardins muito maiores e mais selvagens. Estrelas brilhantes salpicavam o céu, e a lua pairando sobre o porto borrifava de ouro as ondas. Elas podiam ver o farol brilhando na Ilha Quarantine e as luzes verdes sobre as pilhas de carvão.

"Lá vem o Picton", disse o carregador, apontando para um barco a vapor todo enfeitado com luzinhas cintilantes.

Mas, quando elas chegaram ao topo da colina e começaram a descer pelo outro lado, o porto desapareceu e, apesar de ainda estarem na cidade, elas ficaram completamente perdidas. Outras charretes passavam por elas, ruidosas. Todos conheciam o carregador.

"Noite, Fred."

"Noooite", gritou ele.

Kezia adorava ouvi-lo. Sempre que uma charrete aparecia a distância, ela olhava para cima e aguardava sua voz. O carregador era um velho amigo; ela e sua avó já tinham ido à sua casa inúmeras vezes para comparar uvas. Ele vivia sozinho em um chalé com uma estufa, que construiu em uma das paredes. A estufa era rodeada e coberta por uma linda videira. Ele pegou a cesta marrom de suas mãos, forrou-a com três folhas grandes e depois tateou seu cinto à procura de um canivete. Pegou-o e cortou um grande cacho azulado, deitando-o sobre as folhas com tanta delicadeza que Kezia prendeu a respiração ao assistir à cena. Ele era um homem grande. Usava calças de veludo marrom e tinha uma longa barba castanha. Mas ele nunca vestia camisas com colarinho, nem mesmo aos domingos. Sua nuca vivia queimada de sol, com um tom vermelho brilhante.

"Onde estamos agora?", perguntava uma das crianças a cada minuto.

"Ora, esta é a Rua Hawk ou a Charlotte Crescent[2]."

"Claro que é." Lottie aguçou os ouvidos ao ouvir o último nome; ela sempre sentiu que Charlotte Crescent pertencia-lhe de um modo especial. Poucas pessoas tinham ruas com seu nome[3].

"Veja, Kezia, essa é a Charlotte Crescent. Ela não parece diferente?" Agora tudo que era familiar tinha ficado para trás. Agora a charrete chacoalhava em território desconhecido, por estradas novas cercadas por ribanceiras, subindo colinas íngremes, descendo vales de arbustos, atravessando rios largos e rasos. Cada vez mais longe. A cabeça de Lottie balançava; ela apagou, escorregou para o colo de Kezia e ficou ali. Kezia, no entanto, não poderia ter os olhos mais abertos. O vento soprava e ela tremia; mas suas bochechas e orelhas ardiam.

"As estrelas se mexem com o vento?", ela perguntou.

"Não que se dê para notar", respondeu o carregador.

---

2 *Crescent*, literalmente "crescente", é o nome que se dá às ruas em formato de curva, tanto no Reino Unido quanto em suas ex-colônias. Por não haver um equivalente satisfatório em português, optou-se por manter o nome original. (N. do T.)

3 Lotte ou Lottie é um apelido carinhoso de Charlotte. (N. do T.)

"Nós temos um tio e uma tia que moram perto da nossa nova casa", disse Kezia. Eles têm dois filhos, o mais velho se chama Pip, e o nome do caçula é Rags. Ele tem um cabrito, que tem de ser alimentado com um bule esmaltado com uma luva no bico. Ele vai mostrar para gente. Qual é a diferença entre um cabrito e um carneiro?"

"Bem, um cabrito tem chifres e corre atrás de você."

Kezia refletiu.

"Eu não quero vê-lo tanto assim", ela disse. "Eu odeio animais que atacam, como cães e papagaios. Eu sempre sonho com animais me atacando – até mesmo camelos – e, enquanto eles me atacam, suas cabeças incham e ficam enormes."

O carregador não disse nada. Kezia observou-o, apertando os olhos. Então colocou o dedo para fora do xale e alisou a manga dele; ela parecia peluda. "Estamos perto?", perguntou.

"Não muito longe agora", respondeu o carregador.

"Está cansada?"

"Bom, eu não estou nem um pouco com sono." disse Kezia. "Mas os meus olhos ficam revirando de um jeito engraçado." Ela suspirou profundamente e, para impedir que seus olhos revirassem, ela os fechou... Quando os abriu novamente, a charrete tilintava por um caminho no jardim como uma chicotada em meio a uma ilha verde e, atrás da ilha, mas fora de visão até você chegar muito perto, estava a casa. Comprida e baixa, com alpendre e varandas cheios de pilastras por toda a volta. O volume branco e suave dela esparramava-se sobre o jardim verde como um animal adormecido. E uma luz emergia, ora em uma janela, ora em outra. Alguém caminhava através das salas vazias carregando um lampião. Em uma das janelas do andar de baixo, a luz de uma lareira tremulava. Uma estranha e bela agitação parecia fluir da casa em ondas trêmulas.

"Onde estamos?", indagou Lottie, sentando-se. Sua boina estava toda torta para um lado e sua bochecha ficou marcada por um dos botões de âncora, sobre o qual ela tinha dormido. Gentilmente, o carregador a levantou, endireitou sua boina e alisou suas roupas amassadas. Em pé no degrau mais baixo do alpendre e piscando os olhos, ela ficou observando Kezia, que parecia ter chegado voando da charrete até seus pés.

"Oh!", gritou Kezia, agitando seus braços no ar. A avó surgiu do salão escuro carregando uma lamparina. Ela sorria.

"Você encontrou o caminho no escuro?", perguntou ela.

"Perfeitamente."

Mas Lottie tropeçou no degrau mais baixo do alpendre como um passarinho caído do ninho. Se ela ficasse parada por um momento ela adormeceria, se encostasse em qualquer coisa, seus olhos se fechariam.

Ela não conseguia dar nem mais um passo.

"Kezia", perguntou a avó, "posso confiar em você para levar o lampião?"

"Sim, vovó."

A velha se inclinou, deixou o objeto brilhante e vivo em suas mãos e tomou a aturdida Lottie nos braços. "Por aqui."

Cruzaram uma sala quadrada repleta de caixas e centenas de papagaios (que estavam somente no papel de parede) até um corredor estreito – onde os papagaios insistiam em voar atrás de Kezia com seu lampião.

"Fique bem quietinha", avisou a avó, colocando Lottie no chão e abrindo a porta da sala de jantar. "Sua pobre mãe está com uma dor de cabeça terrível."

Linda Burnell estava deitada em uma poltrona de vime com os pés sobre um pufe e uma manta nos joelhos, diante de uma lareira crepitando. Burnell e Beryl estavam sentados a uma mesa no meio da sala, comendo um parato de costelas fritas e bebendo chá de um bule de porcelana marrom. Por trás da cadeira da mãe, estava Isabel. Tinha um pente nas mãos e, concentrada, penteava os cachos da testa de Linda. Fora do foco de luz do lampião e da lareira, a sala estendia-se escura e vazia até as janelas.

"São as crianças?" Mas Linda não se importava; ela nem sequer abriu os olhos para ver.

"Ponha o lampião aqui, Kezia", disse a tia Beryl, "ou teremos um incêndio antes mesmo de desempacotar as caixas. Mais chá, Stanley?"

"Bem, você pode me dar cinco oitavos de uma xícara", disse Burnell, apoiando-se na mesa. "Coma outra costela, Beryl! Carne de primeira, não? Nem muito magra nem muito gordurosa." Ele se virou para a mulher: "Tem certeza que não vai mudar de ideia, Linda, querida?"

"Só de pensar nelas já estou saciada." Ela levantou uma das sobrancelhas como costumava fazer.

A avó trouxe pão e leite para as crianças, e elas se sentaram à mesa, coradas e sonolentas, atrás do vapor ondulante do chá.

"Eu comi carne no jantar", disse Isabel, ainda se penteando delicadamente. "Eu comi uma costela inteira, com osso e molho inglês. Não foi, pai?"

"Ah, não fique se gabando", disse a tia Beryl.

Isabel ficou perplexa. "Não estava me gabando, estava, mamãe? Eu nunca me gabo. Só pensei que elas gostariam de saber. Só queria contar para elas."

"Muito bem, já chega", disse Burnell. Ele afastou seu prato, pegou um palito do bolso e começou a palitar os dentes fortes e brancos.

"Você pode certificar-se de que o Fred coma algo na cozinha antes de sair, mãe?"

"Sim, Stanley." A velha senhora virou-se para sair.

"Ah, espere só um segundo. Será que alguém sabe onde meus chinelos foram colocados? Acho que não poderei pôr as mãos neles por um mês ou dois – quê?"

"Sim", Linda respondeu. "Em cima da bolsa de lona, onde está escrito 'prioridades'."

"Bem, você pode pegá-los para mim, mãe?"

"Sim, Stanley."

Burnell levantou, espreguiçou-se e, indo em direção à lareira, virou suas costas para o fogo e levantou as pontas de trás do casaco.

"Por Deus, estamos em apuros. Não é, Beryl?"

Beryl, bebericando seu chá com os cotovelos sobre a mesa, sorriu-lhe. Ela usava um estranho avental cor-de-rosa; as mangas da blusa estavam arregaçadas até os ombros, mostrando seus belos braços cheios de sardas, e seus cabelos caíam sobre as costas em um longo rabo de cavalo.

"Quanto tempo você acha que leva para arrumar tudo? Umas duas semanas, hein?", provocou ele.

"Deus do céu, não", disse Beryl com animação. "O pior já passou. A criada e eu nos esforçamos o dia todo e, desde que mamãe chegou, trabalhou como uma mula também. Não nos sentamos um minuto sequer. Foi um dia daqueles."

Stanley farejou uma crítica:

"Bem, você não esperava que eu saísse correndo do escritório para vir pregar carpetes, não é?"

"Claro que não", riu Beryl. Ela largou a xícara e saiu da sala de jantar.

"Que diabos ela espera de nós?", perguntou Stanley. "Ficar sentada abanando-se com uma folha de palmeira enquanto eu chamo uma equipe de profissionais para fazer todo o trabalho? Por Deus, se ela não pode nos ajudar de vez em quando sem depois ficar berrando sobre isso..."

E se abateu quando, de repente, as costelas começaram a brigar com o chá no seu estômago sensível. Linda ergueu sua mão e o puxou até sua poltrona.

"Que momento deplorável para você, meu rapaz", disse. Suas bochechas eram muito brancas, mas ela sorriu e fechou seus dedos na enorme mão vermelha que segurava. Burnell ficou em silêncio. De repente, começou a assobiar. "Pura como um lírio, jovial e livre – um bom sinal."

"Você acha que vai gostar daqui?", perguntou ele.

"Não queria dizer nada, mãe, mas acho que devo lhe contar", disse Isabel. "Kezia está tomando o chá da tia Beryl."

IV

A avó levou-as para a cama. Ela foi na frente com uma vela; os degraus rangiam sob seus pés enquanto subiam. Isabel e Lottie dividiram um quarto, Kezia se aconchegou na cama macia da avó.

"Não vai ter nenhum lençol, vovó?"

"Não, hoje não."

"Faz cócegas", disse Kezia, "mas é como os índios." Ela puxou a avó e a beijou no queixo. "Venha logo para a cama para ser a índia guerreira."

"Como você é tola", disse a velha, cobrindo-a como ela gostava.

"Você não vai me deixar uma vela?"

"Não. Xiiiu! Vá dormir."

"Posso ficar com a porta aberta?"

Ela se enrolou toda, mas não conseguiu dormir. De toda a casa propagava-se o som de passos. A própria casa rangia e estalava. Murmúrios vinham do andar de baixo. Certa vez ela ouviu a risada alta de tia Beryl e, depois, o rugido de Burnell assoando seu nariz. Lá fora, centenas de gatos pretos com olhos amarelos sentados sob o luar a observavam – mas ela não tinha medo. Lottie dizia para Isabel:

"Vou fazer minhas orações na cama hoje."

"Não, você não pode, Lottie." Isabel era bem rígida. "Deus só permite fazer suas orações na cama se você estiver com febre." Então Lottie cedeu:

"Bom Jesus, cheio de carinho,

Olhe por este seu filhinho

Tenha piedade de mim, pobre Lottie,

E permita assim que eu chegue a Ti"

E então elas se deitaram, de costas uma para a outra, com os traseirinhos se encostando, e adormeceram.

Em pé sob a luz do luar, Beryl Fairfield se despiu. Cansada, mas fingiu-se mais cansada do que realmente estava – deixou suas roupas caírem, puxando seus cabelos pesados e quentes com um gesto lânguido.

"Ah, como estou cansada – tão cansada!"

Fechou os olhos por um momento, mas seus lábios sorriram. A respiração fazia seu peito subir e descer como duas asas batendo. A janela estava escancarada; fazia calor, e em algum lugar no jardim um jovem rapaz, moreno e esguio, com olhar de deboche, andava na ponta dos pés entre os arbustos, colhendo flores até formar um buquê, oferecendo-o para ela por baixo de sua janela. Ela se viu curvando-se até ele. Ele meteu a cabeça entre as flores claras e lustrosas, malicioso e sorridente. "Não, não", disse Beryl. Ela afastou-se da janela e colocou a camisola por sobre a cabeça.

"Como Stanley é extremamente insensato às vezes", ela pensou, abotoando-se. E então, enquanto se deitava, veio o velho pensamento, aquele cruel pensamento – ah, se ela tivesse seu próprio dinheiro.

Um rapaz, absurdamente rico, chegara da Inglaterra há pouco. Ele a conhece por acaso... O novo governador não é casado... Há um baile na sede do governo... Quem é aquela bela criatura em cetim *Eau de Nil*[4]? Beryl Fairfield...

"O que mais me agrada", disse Stanley, virando-se na cama para coçar os ombros, "é que eu consegui essa casa por um preço extremamente baixo, Linda. Estava até falando sobre isso com o pequeno Wally Bell hoje e ele me disse que não conseguia entender como aceitaram esse valor. A terra por estes lados está ficando cada vez mais valiosa... Daqui a dez anos... Claro que temos que ir com cuidado e cortar ao máximo as despesas. Não está dormindo, está?"

"Não, querido, eu ouvi cada palavra", disse Linda. Ele pulou na cama, inclinou-se sobre ela e apagou a vela.

"Boa noite, sr. negociante", ela disse, segurando sua cabeça pelas orelhas e dando-lhe um beijo breve. Sua voz frágil parecia saída de um poço profundo.

"Boa noite, querida", ele escorregou seu braço por baixo do pescoço dela e trouxe-a para junto dele.

"Sim, abrace-me", disse a voz fraca de dentro do poço. Pat, o faz-tudo, esparramou-se em seu quartinho atrás da cozinha. Seu sobretudo e suas calças estavam pendurados no gancho da porta como um homem enforcado. Seus dedos dos pés ficavam descobertos, aparecendo além da ponta do cobertor e, no chão

---

4 *Eau de Nil*, literalmente "água do Nilo", em francês, é um tom claro de verde levemente azulado e deve seu nome à suposta semelhança com as águas do rio egípcio. (N. do T.)

ao lado dele, havia uma gaiola de pássaros vazia. Ele parecia um personagem de histórias em quadrinhos.

"Ron, ron", veio da criada. Ela tinha adenoides.

A última a ir para a cama foi a avó.

"Quê? Ainda não está dormindo?"

"Não, estou esperando por você", disse Kezia. A velha suspirou e deitou-se ao lado dela. Kezia colocou a cabeça debaixo do braço da avó e soltou um gritinho. A velha senhora apenas segurou-a de leve, suspirou de novo, tirou a dentadura e colocou-a em um copo d'água ao seu lado no chão.

No jardim, algumas corujas empoleiradas nos galhos de um cedro chamavam: "Mór pór, mór pór". E, lá longe na floresta, soava um tagarelar desafinado: "Ra-ra-ra... Ra-ra-ra".

V

O amanhecer veio cortante de frio com nuvens vermelhas em um céu verde-claro e gotas d'água na grama e sobre as folhas. Uma brisa soparava sobre o jardim, espalhava orvalho e derrubava as pétalas, danificava as pastagens encharcadas e se perdia na floresta sombria. No céu, estrelas minúsculas flutuavam por um momento e depois desapareciam – dissolvidas como bolhas. No silêncio matinal podia-se ouvir claramente o som do riacho correndo sobre pedras marrons, passeando pelas partes arenosas, escondendo-se sob os arbustos de frutas vermelhas, derramando-se em um pântano de flores amarelas e raízes.

E então, ao primeiro raio de sol, os pássaros começaram. Aves grandes e atrevidas, estorninhos e mainás, assobiavam nos quintais; os passarinhos pequeninos, pintassilgos, pintarroxos e estorninhos, pulavam de galho em galho. Um magnífico martim-pescador, pousado na cerca da propriedade, orgulhava-se de sua beleza enquanto um tui cantava as três únicas notas que sabia, ria e as cantava outra vez.

"Como os pássaros são barulhentos", disse Linda em seu sonho. Ela andava com seu pai através de um pasto verde salpicado de margaridas. De repente, ele se abaixou, puxou umas folhas de capim e lhe mostrou uma bolinha de penugem aos seus pés.

"Ah, papai, que lindo."

Ela juntou as mãos e pegou o passarinho minúsculo, acariciando sua cabeça com o dedo. Era tão manso. Mas aconteceu algo engraçado. Enquanto ela o acariciava, ele começou a arrepiar-se e inchar até parecer uma bolsa, cada vez maior e maior, com olhos redondos que pareciam sorrir para ela. Agora seus braços não eram grandes o bastante para segurá-lo e ela deixou-o cair em seu avental. Ele se transformou em um bebê com uma enorme cabeça pelada e um bico de pássaro, que abria e fechava. Seu pai reapareceu com uma risada alta e barulhenta, e ela acordou e viu Burnell em pé diante das janelas, levantando as persianas até o alto.

"Olá", disse ele. "Eu não acordei você, não é? Nada de ruim com o tempo esta manhã."

Ele estava muito satisfeito. Um clima como o de hoje selava de maneira definitiva o seu acordo. Ele sentia, de alguma forma, que também havia comprado esse lindo dia – obtivera-o junto com a pechincha pela casa e pelo terreno. Saiu depressa para o banho, e Linda virou-se e apoiou-se em um dos cotovelos para ver o quarto à luz do dia. Toda a mobília já estava no lugar – toda a velha parafernália, como ela a chamava. Até as fotografias já estavam sobre a lareira, e os frascos de remédio, na prateleira em cima do lavatório. Suas roupas, colocadas sobre uma cadeira; os acessórios para sair, uma capa roxa e um chapéu redondo com penacho. Ao olhar para eles, ela desejou sair da casa também. E se viu dirigindo uma charrete para bem longe deles, fugindo de todos sem nem sequer se despedir.

Stanley voltou do banho enrolado em uma toalha, brilhando e estapeando as coxas. Ele jogou a toalha molhada em cima do chapéu e da capa dela e começou seus exercícios em pé, no meio do quadrado de luz do sol. Respirar fundo, flexionar, agachar como um sapo e esticar as pernas. Ele estava tão deslumbrado com seu corpo obediente e tonificado que bateu no peito e gritou "aaah". Mas esse vigor extraordinário parecia situá-lo a mundos de distância de Linda. Ela deitara na cama desarrumada e o observava como se estivesse nas nuvens.

"Ah, que droga! Caramba!", disse Stanley, que tentara enfiar uma camisa branca por sobre a cabeça e descobriu que algum idiota havia fechado o colarinho, prendendo sua cabeça. Ele foi até Linda agitando os braços.

"Você parece um peru gordo", ela disse.

"Gordo. Essa é boa", disse Stanley. "Não tenho um centímetro de gordura no corpo todo. Sinta isso."

"É uma pedra, é de ferro", zombou ela.

"Você ficaria surpresa", disse Stanley, como se o que ia contar fosse extremamente interessante, "com a quantidade de colegas no clube que engordaram. Sujeitos jovens, sabe? Homens da minha idade." Ele começou a repartir seus cabelos cheios e ruivos, seus olhos azuis fixos no espelho e os joelhos flexionados porque a penteadeira estava sempre – droga! – baixa demais para ele. "O pequeno Wally Bell, por exemplo", e ele se endireitou, fazendo uma enorme curva sobre a própria barriga com a escova de cabelo. "Preciso dizer que tenho verdadeiro horror..."

"Meu querido, não se preocupe. Você nunca será gordo. Você é ativo demais."

"Sim, sim, acho que tem razão", disse ele, reconfortado pela centésima vez e, tirando um canivete do bolso, começou a aparar as unhas.

"Café da manhã, Stanley." Beryl estava à porta. "Ah, Linda, mamãe disse que você ainda não teria se levantado." Ela passou a cabeça pela porta. Tinha uma enorme flor de lilás enfiada no cabelo.

"Tudo o que deixamos na varanda ontem à noite amanheceu completamente ensopado. Você precisava ver a mamãe arrastando as mesas e cadeiras para dentro. De qualquer forma, nada estragou", disse isso dando uma olhadela para Stanley.

"Você pediu para Pat deixar o automóvel preparado a tempo? São mais de dez quilômetros até o escritório."

"Posso imaginar como será esse início logo cedo no escritório", pensou Linda.

"Vai ser realmente uma pressão enorme."

"Pat, Pat." Ela ouviu a criada chamando. Mas, obviamente, era difícil encontrar Pat àquela hora; sua voz tola ecoou "bééé, bééé" pelo jardim.

Linda não voltou a descansar até que a última batida da porta da frente lhe indicou que Stanley realmente tinha saído. Mais tarde, ela ouviu as crianças brincando no jardim. A vozinha preguiçosa de Lottie gritou: "Ke-zia. Isa-bel." Ela sempre se perdia e reencontrava as pessoas depois, para sua surpresa, atrás da próxima árvore ou na próxima esquina. "Ah, aí estão vocês, afinal."

Depois do café da manhã, elas foram colocadas para fora e instruídas a não voltar para casa até que fossem chamadas. Isabel passeava com um carrinho de bebê carregado de bonecas arrumadinhas e permitiu que Lottie tivesse o prazer de andar ao lado dela segurando o guarda-sol das bonecas sobre o rosto de cera de uma delas.

"Aonde você vai, Kezia?", perguntou Isabel, que ansiava por uma tarefa mais leve e fácil para oferecer a Kezia, pondo-a sob o seu controle.

"Ah, sei lá, embora", disse Kezia...

Então ela não as ouviu mais. Havia muito luz no quarto. Ela odiava persianas puxadas até o alto a qualquer hora do dia ou da noite, mas de manhã era ainda mais intolerável. Ela se voltou para a parede e traçou com o dedo no papel de parede uma papoula, com uma folha, caule e um botão gordo, prestes a desabrochar. No silêncio, sob seu dedo, a papoula parecia tomar vida. Ela podia sentir as pétalas sedosas e grudentas, o caule peludo como a casca de uma groselha, a folha áspera e o botão fechado lustroso. As coisas tinham o hábito de ganhar vida assim. Não só coisas grandes e significativas, como móveis, mas também cortinas e estampas de tecidos, franjas de mantas e almofadas. Quantas vezes ela já não tinha visto as borlas da colcha transformarem-se em uma procissão de dançarinas com sacerdotes escoltando... Havia algumas borlas que não dançavam, mas caminhavam majestosamente, inclinadas para a frente como se estivessem rezando ou cantando. Quantas vezes os frascos de remédios se transformaram em uma fila de homenzinhos com cartolas marrons; e o jarro do lavatório tinha uma forma de se sentar na bacia como um pássaro gordo em um ninho redondo.

"Sonhei com pássaros a noite passada", pensou Linda. O que era mesmo? Ela esquecera. Mas a parte mais estranha de ver objetos ganharem vida era o que eles faziam. Eles ouviam, pareciam inchar-se com algum conteúdo misterioso e importante, e quando ficavam cheios ela pressentia que estavam sorrindo. Mas não era só para ela seu sorriso secreto e dissimulado; eles eram membros de uma sociedade secreta e sorriam entre si. Às vezes, quando ela adormecia durante o dia, não podia levantar um dedo quando acordava, nem sequer voltar os olhos para a direita ou esquerda porque ELES estavam ali; quando saía do quarto, deixando-o vazio, ela sabia que ELES preencheriam o vazio assim que ela fechasse a porta. E havia momentos, à noite, quando ela estava no andar de cima e todos estavam lá embaixo, em que mal podia escapar deles. Então não adiantaria ter pressa nem sussurrar uma melodia; se ela tentasse dizer algo despretensioso: "Cuidado com aquele dedal velho", ELES não seriam enganados. ELES sabiam quão amedrontada ela estava;

ELES viam como ela virava o rosto quando passava pelo espelho. O que Linda sempre sentiu é que ELES queriam algo dela, e ela sabia que, se desistisse e ficasse quieta, absolutamente quieta, silenciosa, imóvel, algo realmente aconteceria.

"Está muito silencioso agora", ela pensou. Arregalou seus olhos e ouviu o silêncio tecendo sua teia macia e infinita. Ela respirava tão levemente; quase não precisava respirar.

Sim, tudo se tornava vivo, até a mais minúscula partícula, e ela não sentia sua cama, ela flutuava, suspensa no ar. Parecia apenas ouvir com os olhos arregalados que tudo observavam, esperando por alguém que nunca chegaria, aguardando algo que nunca aconteceria.

VI

Na cozinha, na longa mesa sob as duas janelas, a velha sra. Fairfield lavava a louça do café da manhã. A janela da cozinha dava para um grande gramado, que levava à horta e aos canteiros de ruibarbo. De um lado do gramado ficava a área de serviço, cuja cobertura alvíssima abrigava uma videira cheia de nós. Ontem, ela notara que alguns talos tinham se infiltrado nas fendas da cobertura e todas as janelas tinham densos tufos verdes.

"Adoro uma videira", declarou a sra. Fairfield, "mas não acho que as uvas vão amadurecer aqui. Elas precisam do sol australiano." E ela se lembrou de quando Beryl, ainda bebê, foi picada por uma imensa formiga vermelha enquanto colhia algumas uvas verdes na varanda da casa deles na Tasmânia. Ela viu Beryl no seu vestidinho xadrez com laços vermelhos nos ombros gritando tão apavorada que metade da vizinhança correu para ajudar. Como a perna da criança tinha inchado! "Ti-ti-ti-ti!" A sra. Fairfield recuperou o fôlego enquanto se lembrava. "Pobre criança, como foi terrível." E apertou os lábios e foi até o fogão pegar mais água quente. A água espumava, cheia de bolhinhas rosadas e azuis na grande bacia de sabão. Os velhos braços da sra. Fairfield estavam descobertos até os cotovelos e manchados de rosa-claro. Ela vestia um vestido solto cinza estampado com grandes amores-perfeitos roxos, um avental branco de linho e uma touca de musseline branca, que parecia uma forma de gelatina. Na garganta, tinha um quarto crescente prateado com cinco corujinhas sentadas e, em volta do pescoço, ela usava uma corrente de contas pretas.

Era difícil acreditar que ela não estivera naquela cozinha por anos; a sra. Fairfield já fazia parte dela. Ela guardou as vasilhas com um toque preciso, seguro, movendo-se com facilidade do fogão para os armários, averiguando a despensa e a copa como se já fossem familiares. Quando terminou, tudo na cozinha se tornara parte de uma série de padrões. Ela ficou em pé no meio de tudo secando as mãos em um pano de pratos; um sorriso brilhou em seus lábios; tudo parecia muito bonito, muito satisfatório.

"Mãe! Mãe! Você está aí?", chamou Beryl.

"Sim, querida. Precisa de mim?"

"Estou chegando." E Beryl entrou apressada, muito vermelha, arrastando consigo dois quadros grandes.

"Mãe, o que eu posso fazer com essas horrorosas pinturas chinesas que Chung Wah deu a Stanley quando faliu? É um absurdo afirmar que têm algum valor, estavam penduradas na quitanda de Chung Wah havia meses. Não consigo entender por que Stanley quer guardá-las. Tenho certeza que ele as julga tão horrendas quanto nós, mas deve pensar nas molduras", disse com despeito. "Aposto que pensa em conseguir algum dinheiro com elas qualquer dia."

"Por que você não as pendura no corredor?", sugeriu a sra. Fairfield. "Elas quase não seriam vistas lá."

"Não posso. Não há espaço. Pendurei todas as fotografias do escritório do Stanley antes e depois da construção e as fotos autografadas de seus colegas, além daquela horrível ampliação da Isabel deitada no tapete de camiseta regata." Seu olhar zangado percorreu a plácida cozinha. "Já sei o que vou fazer. Vou pendurá-las aqui. Digo para o Stanley que elas se molharam na mudança e sou obrigada a deixá-las aqui por enquanto."

Ela puxou uma cadeira, na qual subiu, pegou o martelo e um prego grande de seu avental e começou a martelar. "Pronto! Isso basta! Passe o quadro, mãe."

"Um momento, filha." Sua mãe passava um pano sobre a moldura de ébano entalhada.

"Ah, mãe, você não precisa limpar a moldura. Levaria anos para tirar o pó de todos esses buraquinhos." E fez uma careta olhando para o topo da cabeça da mãe e mordendo os lábios com impaciência. O modo deliberado de agir da mãe era simplesmente enlouquecedor. Era a velhice, supôs com arrogância.

Finalmente os dois quadros foram pendurados lado a lado. Ela saltou da cadeira, guardando o martelo.

"Não parecem tão ruins aqui, não é?", perguntou. "E, de qualquer forma, ninguém vai precisar vê-los, a não ser Pat e a criada. Estou com uma teia de aranha no rosto, mãe? Estive remexendo no armário debaixo das escadas e agora tem algo pinicando meu nariz."

Mas, antes que a sra. Fairfield tivesse tempo de olhar, Beryl já tinha se virado. Alguém bateu na janela: Linda estava lá, acenando com a cabeça e sorrindo. As duas ouviram o trinco da área de serviço se levantar e ela entrou. Não usava seu chapéu; os cabelos estavam presos em cachos no alto da cabeça e ela estava enrolada num velho xale de caxemira.

"Estou com tanta fome", disse Linda, "onde posso arranjar algo para comer, mãe? Essa é a primeira vez que piso na cozinha. E ela já está com a sua cara, tudo aos pares."

"Vou fazer um chá para você", disse a sra. Fairfield, estendendo uma toalha limpa sobre um canto da mesa, "e Beryl pode acompanhá-la."

"Beryl, quer metade do meu biscoito de gengibre?", Linda perguntou, acenando-lhe com a faca. "Beryl, você gosta da casa agora que estamos aqui?"

"Ah, sim, eu gosto muito da casa e o jardim é bonito, mas me parece tão longe de tudo. Não consigo imaginar as pessoas saindo da cidade para vir nos ver sacolejando naquele ônibus medonho e tenho certeza que tampouco há alguém nas redondezas para visitar. Claro que isso não lhe interessa porque..."

"Mas temos a charrete", disse Linda. "Pat pode levá-la para a cidade sempre que você quiser."

Isso era um consolo, certamente, mas havia algo no fundo da mente de Beryl que a incomodava, algo que ela não conseguia traduzir em palavras nem para si mesma.

"Bom, de qualquer forma isso não vai nos matar", disse secamente, pousando a xícara vazia, levantando-se e alongando o corpo. "Vou pendurar as cortinas." E saiu, cantando:

"Quantos milhares de passarinhos eu vejo
Cantando alto em cada árvore...[5]
...passarinhos eu vejo cantando alto
em cada árvore..."

Mas, quando ela chegou à sala de jantar, parou de cantar, seu rosto mudou e tornou-se melancólico e soturno.

"Pode-se apodrecer aqui tão bem quanto em qualquer outro lugar", vociferou em voz baixa, espetando os alfinetes de metal nas cortinas vermelhas de sarja.

As duas ficaram na cozinha em silêncio por um momento. Linda apoiou a bochecha nos dedos e observou a mãe. Ela achou sua mãe especialmente bonita com as costas voltadas para a janela cheia de folhagens. Havia algo de reconfortante em vê-la assim, algo que ela sentia ser-lhe imprescindível. Ela precisava

---

5 No original: *"How many thousand birds I see / That sing aloud from every tree..."* (N. do T.)

do cheiro doce da sua carne, do toque macio do seu rosto e de seus braços e ombros, ainda mais macios. Ela adorava o jeito que seus cabelos eram cacheados, prateados na frente, claros no pescoço e ainda castanho-claros no redemoinho debaixo da touca de musseline. Suas mãos eram impecáveis, e os dois anéis que ela usava pareciam se entrelaçar à sua pele sedosa. Ela estava sempre tão jovial, tão inebriante. A velha senhora não admitia nada além de linho em contato com seu corpo e só tomava banhos frios, tanto no verão quanto no inverno.

"Não há nada que eu possa fazer?", perguntou Linda.

"Não, querida. Eu gostaria que você fosse ao jardim dar uma olhada nas crianças; mas isso eu sei que você não quer fazer."

"Claro que vou, mas você sabe que Isabel é mais adulta que qualquer uma de nós."

"Sim, mas Kezia não é", disse a sra. Fairfield.

"Ah, Kezia foi arremessada por um touro há horas", disse Linda, enrolando-se novamente em seu xale.

Mas não, Kezia tinha visto um touro através de um buraco numa junta das madeiras da cerca que separava o campo de tênis do pasto. Mas ela não gostou muito do touro, então pegou o caminho de volta através do pomar, subindo a ladeira gramada, pelo caminho próximo ao cedro e, então, pelo amplo jardim. Ela sabia que ainda se perderia nesse jardim. Por duas vezes, encontrou o caminho de volta aos grandes portões de ferro que cruzara na noite anterior e depois se virou para subir pela trilha que levava à casa, mas havia tantos acessos em ambos os lados. De um lado, todas as passagens levavam a um emaranhado de árvores escuras e arbustos estranhos com folhas aveludadas lisas e flores sedosas, que zuniam de moscas quando balançadas – esse era o lado amedrontador, nada semelhante a um jardim. As trilhas aqui eram úmidas e barrentas com raízes de árvores por todo lado como pegadas gigantes de aves.

Mas do outro lado havia uma grande e alta cerca-viva, e todos os caminhozinhos tinham cercas menores que levavam a um emaranhado de flores cada vez mais fechado. As camélias estavam florescendo, brancas, vermelhas e rosadas com listras brancas e folhas chamativas. Não se via uma folha nos arbustos de lilás por causa das florzinhas brancas nos galhos. As roseiras estavam floridas. Rosas de lapela, brancas e pequeninas, mas repletas demais de insetos para se cheirar, cravinas cor-de-rosa com círculos de pétalas caídas em volta das roseiras, rosas de cem pétalas com hastes grossas, onze-horas, sempre em botão, suaves belezas rosadas abrindo-se pétala a pétala, rosas vermelhas tão escuras que se enegreciam assim que caíam e um tipo exótico de rosa-creme com um fino caule vermelho e folhas carmesim.

Havia sinos de fada aos montes, todos os tipos de gerânio, arbustos de verbena, lavandas azuladas e um canteiro de gerânios com bulbos aveludados e folhas parecidas com asas de mariposas. Havia um canteiro só de resedas e outro com amores-perfeitos emoldurados por margaridas e vários tipos de florzinha que ela nunca vira antes.

Os lírios-tocha eram maiores que ela; os girassóis japoneses cresciam em uma minisselva. Ela sentou-se na borda de uma das cercas-vivas. À primeira vista, pareceu um bom assento, mas como eram cheias de poeira por dentro! Kezia se agachou para olhar, espirrou e esfregou o nariz.

E, neste momento, a menina se viu no alto da ladeira gramada que levava ao pomar... Ela olhou para baixo um instante; então se deitou de costas, deu um gritinho e desceu rolando até a grama grossa do pomar florido. Enquanto esperava tudo parar de girar, decidiu ir até a casa e pedir à criada uma caixa de fósforos vazia. Ela queria fazer uma surpresa para a avó... Primeiro ela colocaria uma folha com uma grande violeta na caixa, depois um cravinho branco, talvez um de cada lado da violeta, e então iria salpicar um pouco de lavanda por cima, mas sem cobrir as outras flores.

Ela frequentemente fazia surpresas como essa à avó, e sempre eram muito bem-sucedidas.

"Quer um fósforo, minha vovozinha?"

"Sim, minha filha, acho que um fósforo é justamente o que estava procurando." A avó abriu a caixa devagarinho e deparou-se com a cena preparada.

"Por Deus, minha criança! Que surpresa!"

"Aqui, posso fazer-lhe uma igual todos os dias", pensou, mexendo na grama com os sapatos escorregadios.

Mas no caminho de volta ela chegou àquela ilha no meio do percurso, dividindo a trilha em duas partes que se reencontravam em frente à casa. A ilha era feita de um amontoado de grama sem corte. Nada crescia ali exceto uma planta enorme com espessas folhas verde-acinzentadas cheias de espinhos e um caule robusto e alto que brotava de sua parte central. Algumas das folhas da planta eram tão velhas que já não se mantinham em pé, ficando deitadas e murchas no chão.

O que poderia ser aquilo? Ela nunca tinha visto nada igual. Ficou de pé olhando-a fixamente. Então viu sua mãe chegando pela trilha.

"Mãe, o que é isso?", perguntou Kezia.

Linda olhou para a planta inchada com suas folhas cruéis e o caule carnudo. Elevando-se acima delas, como se paralisado no ar, mas bem seguro ao chão de onde brotava, poderia muito bem ter garras em vez de raízes. As folhas curvas pareciam esconder algo; o caule cego cortava o ar como se nenhum vento pudesse movê-lo.

"Isso é uma babosa, Kezia", disse sua mãe.

"E ela dá flores alguma vez?"

"Sim, Kezia." E Linda sorriu para ela e entreabriu os olhos. "Uma vez a cada cem anos."

VII

No caminho de casa até o escritório, Stanley Burnell parou a charrete na Bodega, saltou e comprou um vidro grande de ostras. Na loja do chinês ao lado comprou um abacaxi maduro e, notando uma cesta cheia de cerejas pretas frescas, pediu para John servir-lhe meio quilo. Colocou as ostras e o abacaxi em uma caixa debaixo do assento da frente, mas continuou com as cerejas na mão.

Pat, o ajudante, saltou sobre a caixa e se enfiou debaixo do cobertor marrom novamente.

"Levante seus pés, sr. Burnell, para eu cobri-lo também", disse.

"Certo! Certo! É para já", assentiu Stanley. "Você pode ir direto para casa agora." Pat bateu de leve na égua cinzenta e a carroça saltou à frente.

"Realmente esse homem é um sujeito de primeira", pensou Stanley. Ele gostava de vê-lo ali sentado com seu casaco e chapéu marrons. Gostava de como ele o tinha coberto e gostava de seus olhos. Não via nada de servil nele – e não existia algo que ele odiasse mais em alguém que a servilidade. E Pat parecia contente com seu trabalho – feliz e satisfeito.

A égua cinza ia muito bem; Burnell estava impaciente para sair da cidade. Queria estar em casa. Ah, como era maravilhoso viver no campo; sair do buraco que era aquela cidade assim que fechava o escritório. E esse percurso ao ar livre e quente, ele sabendo que a própria casa estaria na outra ponta do trajeto, com seus jardins e pastos, suas três vacas premiadas e aves e patos suficientes para alimentá-los, isso também era maravilhoso.

Assim que finalmente deixaram a cidade e iniciaram a subida pela estrada deserta, seu coração palpitou de felicidade. Ele vasculhou o saco e começou a comer as cerejas, três ou quatro por vez, cuspindo os caroços para os lados da charrete. Estavam deliciosas, tão carnudas e frias, sem uma mancha ou machucado sequer.

Olhe para essas duas agora, pretas de um lado e brancas do outro – perfeitas! Um par perfeito de siamesas. E colocou-as na casa do botão da lapela... Por Deus, ele não se importaria em dar algumas para o camarada ao lado – mas não, melhor não. Melhor esperar até que esteja com eles mais um tempo.

Ele começou a planejar o que faria com suas tardes de sábado e aos domingos. Não iria almoçar no clube no sábado. Não, sairia do escritório o mais rápido possível e faria com que lhe dessem umas fatias de embutidos e meia alface quando chegasse em casa. E então chamaria alguns colegas da cidade para jogar tênis à tarde. Não muitos, três no máximo. Beryl jogava bem também... Ele alongou o braço direito e o dobrou lentamente, sentindo seus músculos. Um banho, uma boa massagem, um charuto no alpendre após o jantar...

No domingo de manhã iriam à igreja – as crianças, inclusive. O que lhe fez lembrar que ele deveria reservar um banco, se possível na nave e bem à frente para ficar longe da corrente de ar da porta. Já se imaginava entoando: "Vós, vencedor do estímulo da morte, abristes aos fiéis o Reino dos Céus.[6]". E ele já via a placa de bronze no canto do banco – sr. Stanley Burnell e família. No restante do dia, desfrutaria do ócio com Linda. Agora já andavam pelo jardim; ela apoiada em seu braço, enquanto ele explicava-lhe com detalhes o que pretendia pôr em ação no escritório na semana seguinte. Ouvia-a dizer: "Meu querido, acredito ser o mais sábio a fazer". Conversar com Linda era de grande ajuda mesmo que tendessem a se afastar do assunto.

....

6 *Te Deum*, hino cristão composto por Santo Ambrósio e Santo Agostinho no ano 387, parte da liturgia da Igreja Anglicana, que era a religião nacional neozelandesa até o final do século XIX. (N. do T.)

Que diabos! Não estavam indo rápido o bastante. Pat freara outra vez. Ah! Que estupidez! Aquilo lhe dava enjoos.

Uma espécie de pânico tomava conta de Burnell sempre que ele se aproximava da casa. Antes mesmo de atravessar o portão, ele gritava para qualquer um que visse: "Está tudo bem?" E ele só aceitava uma resposta positiva quando ouvia Linda dizer: "Olá! Já voltou para casa?" Isso era o lado ruim de morar no campo – levava muito tempo para voltar... Mas agora eles estavam perto. Já se encontravam no topo da última colina; só faltava uma ladeira leve até o fim e pouco menos de um quilômetro.

Pat chicoteou o dorso da égua, tentando motivá-la: "Muito bem agora! Muito bem!"

Faltavam alguns minutos para o pôr-do-sol. Tudo parecia imóvel banhado em uma luz metálica e brilhante e, dos dois lados das pastagens, a grama fresca emanava um aroma de leite. Os portões de ferro estavam abertos. Eles dispararam pela trilha e contornaram a ilha, parando exatamente no meio do alpendre.

"Satisfeito com ela, senhor?", perguntou Pat, descendo da charrete e sorrindo para o patrão.

"Muito, Pat", respondeu Stanley.

Linda saiu pela porta de vidro; sua voz ecoou no silêncio sombrio. "Olá! Já voltou para casa?"

Ao ouvi-la, seu coração bateu tão forte que mal podia se conter em correr degraus acima e tomá-la em seus braços.

"Sim, já estou de volta. Está tudo bem?"

Pat começou a levar a charrete para o portão lateral que se abria para o quintal.

"Aqui, um momento", disse Burnell. "Passe-me esses dois pacotes." E disse para Linda como se tivesse trazido toda a colheita da terra: "Trouxe-lhe um vidro de ostras e um abacaxi".

Foram para o salão; Linda levava as ostras em uma mão e o abacaxi na outra. Burnell fechou a porta de vidro, jogou o chapéu, envolveu-a em seus braços e puxou-a para si, beijando-lhe o alto da cabeça, as orelhas, os lábios, os olhos.

"Ah, querido! Ah, querido!", disse ela. "Espere um momento. Deixe-me largar essas bobagens." E colocou o vidro de ostras e o abacaxi em um banquinho entalhado. "O que você tem na sua lapela: cerejas?" Ela pegou-as e pendurou-as na orelha dele.

"Não faça isso, querida. São para você."

Então ela as retirou da orelha dele.

"Você se importa se eu as guardar? Elas vão estragar meu apetite para o jantar. Venha ver as crianças. Estão tomando chá."

O lampião estava aceso na mesa da sala das crianças. A sra. Fairfield cortava o pão e passava manteiga. As três meninas estavam sentadas à mesa usando grandes babadores com o nome delas bordado. Quando o pai chegou, limparam a boca, prontas para beijá-lo. As janelas estavam abertas; um vaso de flores silvestres foi posto na prateleira, e o lampião delineava uma redoma de luz suave no teto.

"Você parece bem confortável, mãe", observou Burnell, piscando com a luz. Isabel e Lottie estavam sentadas em cantos opostos da mesa, Kezia ao fundo; a cabeceira estava vazia.

"Aqui é onde meu menino deverá se sentar", pensou Stanley. Ele segurou o ombro de Linda com o braço. Por Deus, ele era um perfeito tolo por sentir-se tão feliz!

"Estamos, Stanley. Estamos muito confortáveis", disse a sra. Fairfield, cortando o pão de Kezia com as mãos.

"Melhor do que na cidade, hein, crianças?", perguntou Burnell.

"Ah, sim", responderam as três meninas, e Isabel acrescentou, refletindo: "Muito obrigada, muito mesmo, querido pai."

"Vamos subir", disse Linda. "Eu levo seus chinelos."

Mas as escadas eram muito estreitas para subir de braços dados. O quarto estava muito escuro. Ele ouviu o anel da mulher bater no console de mármore quando ela procurava os fósforos.

"Tenho alguns comigo, querida. Eu acendo as velas."

Mas, em vez disso, ele veio por trás dela e mais uma vez envolveu-a em seus braços, puxando-lhe a cabeça contra seu ombro.

"Me sinto desnorteado de tão feliz", disse.

"Está?" Ela virou-se para ele e colocou as mãos no peito dele, contemplando-o.

"Não sei o que deu em mim", protestou ele.

Agora estava bem escuro lá fora e caía um sereno forte. Quando Linda fechou a janela, o sereno gélido tocou a ponta de seus dedos. Um cachorro latiu ao longe.

"Acho que teremos luar", disse. Ao falar, e com o sereno frio molhando seus dedos, teve a sensação de que a lua acabara de despontar – e de que ela se encontrava em meio a uma inundação de luz fria. Linda estremeceu; afastou-se da janela e sentou-se sobre a calçadeira ao lado de Stanley.

Na sala de jantar, à luz oscilante da lareira, Beryl sentou-se em uma banqueta tocando violão. Tomara banho e trocara de roupa. Agora usava um vestido de musseline branca com bolinhas pretas, e seus cabelos estavam presos com uma rosa de seda preta.

"A natureza foi descansar, meu amor,
Vê, estamos sozinhos,
Deixe-me apertar sua mão, meu amor,
Suavemente, aqui na minha. [7]*"*

Ela tocava e cantava para si, pois, enquanto tocava e cantava, observava a si mesma. A luz do fogo brilhava em seus sapatos, no corpo avermelhado do violão e nos seus dedos brancos...

"Se eu estivesse lá fora e me visse pela janela, ficaria estupefata", pensou. E ainda mais suavemente tocou o acompanhamento – sem cantar, apenas ouvindo.

"A primeira vez que a vi, garotinha,
Ah, você não imaginava que não estava sozinha,
Você estava sentada com seus pezinhos
em uma banqueta, tocando violão.
Deus, nunca poderei esquecer..."

Beryl levantou a cabeça e começou a cantar novamente: *"Até mesmo a lua está exausta...* [8]*"*

---

7 *"Nature has gone to her rest, love, / See, we are alone. / Give me your hand to press, love, / Lightly within my own."* (N. do T.)
8 *"Even the moon is aweary..."* (N. do T.)

Então ouviu-se uma batida forte na porta. O rosto rosado da criada apareceu.

"Por favor, srta. Beryl, eu preciso me deitar.

"Certamente, Alice", disse Beryl, com uma voz gélida. Ela pôs o violão em um canto. Alice apareceu com uma pesada bandeja de ferro.

"Bem, tenho tido bastante trabalho com esse forno", disse ela. "Não consigo assar nada."

"Mesmo?", disse Beryl.

Mas não, ela não suportava aquela garota tola. Correu para a sala de visitas escura e começou a andar sem parar... Ah, como estava inquieta. Havia um espelho acima da lareira. Esticou os braços e olhou para o reflexo de sua sombra pálida. Era tão bonita, mas não havia ninguém para ver, ninguém.

"Por que você precisa sofrer tanto?", perguntou o rosto no espelho. "Você não foi feita para sofrer... Sorria!"

Beryl sorriu, e seu sorriso era tão adorável que ela sorriu novamente – mas dessa vez porque não podia evitar.

VIII

"Bom dia, sra. Jones."

"Ah, bom dia, sra. Smith. Estou tão feliz em vê-la. Trouxe suas crianças?"

"Sim, trouxe meus gêmeos. Tive outro bebê desde que nos

vimos pela última vez, mas ela veio tão repentinamente que ainda não tive tempo de preparar seu enxoval. Então deixei-a... Como está seu marido?"

"Ah, ele está muito bem, obrigada. Ele pegou um resfriado terrível, mas a Rainha Vitória – ela é minha madrinha, sabe – enviou-lhe uma caixa de abacaxis que o curaram imediatamente. Esta é sua nova criada?"

"Sim, seu nome é Gwen. Estou com ela há apenas dois dias. Ah, Gwen, esta é minha amiga, sra. Smith."

"Bom dia, sra. Smith. O almoço não ficará pronto em menos de dez minutos."

"Não acho que você deva me apresentar à sua criada. Apenas devo começar a falar com ela."

"Bem, ela está mais para camareira que propriamente uma criada e deve-se apresentar as camareiras. Sei porque a sra. Samuel Josephs tinha uma."

"Ah, bem, isso não importa", disse, sem prestar atenção à criada, batendo uma calda de chocolate com a metade de um prendedor de roupas quebrado. O jantar estava assando lindamente em um degrau de cimento. Ela começou a forrar um banco cor-de-rosa do jardim. Pôs dois pratos de folhas de gerânios, um garfo de agulhas de pinheiro e uma faca de galho na frente de cada pessoa. Havia ainda três botões de margaridas em uma folha de louro para os ovos pochê, algumas fatias de rosbife de pétalas de brincos-de-princesa, adoráveis rissoles feitos com terra, água e sementes de dente-de-leão e a calda de chocolate, que ela havia decidido servir na própria concha de abalone em que a cozinhara.

"Você não precisa se preocupar com meus filhos", disse a sra. Smith educadamente. "Você poderia pegar esta garrafa e enchê-la na torneira – quero dizer, na leiteira?"

"Ah, claro", respondeu Gwen e cochichou para a sra. Jones: "Posso ir pedir a Alice um pouco de leite de verdade?"

Mas alguém chamou da frente da casa, e a festinha do almoço acabou, deixando a charmosa mesa, os rissoles e os ovos pochê para as formigas e uma velha lesma que subiu no banco do jardim com a ajuda de suas antenas trêmulas e começou a mordiscar um dos pratos de gerânio.

"Venham aqui para a frente, crianças. Pip e Rags chegaram." Os meninos Trout eram os primos que Kezia havia mencionado para o carregador. Eles moravam a cerca de um quilômetro e meio em uma casa chamada Cabana da Árvore do Macaco[9]. Pip era alto para sua idade, com cabelo preto escorrido e um rosto branco, mas Rags era bem pequeno e tão magro que, quando ele tirava a roupa, suas escápulas pareciam duas asinhas. Eles tinham um cachorro vira-lata com olhos azuis pálidos e uma longa cauda virada para cima, que os seguia a toda parte; chamava-se Snooker. Os meninos passavam metade do tempo penteando e escovando Snooker e medicando-o com várias misturas horríveis preparadas por Pip, que as mantinha em segredo em um velho jarro quebrado, coberto com a tampa de uma chaleira antiga. Nem mesmo o fiel Rags podia saber o segredo daquelas misturas. Pegue um pouco de pó para dentes

---

9 *Monkey Tree Cottage*. (N. do T.)

e uma pitada de enxofre bem fino, e talvez um pouco de goma para fortalecer o pelo do Snooker... Mas isso não era tudo; Rags achava, em segredo, que o resto da fórmula era pólvora. E ele nunca pôde ajudar com a fórmula por causa do perigo... "E, se uma gota voasse no seu olho, você ficaria cego para o resto da vida", Pip dizia, mexendo a mistura com uma colher de metal. "E há sempre a chance, ainda que mínima, veja bem, de tudo explodir se você bater com força suficiente... Duas colheres em uma lata de querosene seriam suficientes para matar milhares de pulgas." Mas Snooker passava todo o seu tempo livre mordendo e fungando, e ele fedia insuportavelmente.

"É porque ele é um grande cão de briga", Pip dizia. "Todos os cachorros de briga fedem."

Os meninos Trout frequentemente passavam o dia com a família Burnell na cidade, mas, agora que moravam nessa linda casa com extraordinário jardim, eles tinham motivo para ser mais amigáveis. Além disso, ambos gostavam de brincar com as garotas. Pip, porque ele podia enganá-las sem esforço e porque Lottie se assustava facilmente, e Rags por um motivo vergonhoso: ele adorava bonecas. Como ele gostava de olhar para uma boneca enquanto ela dormia, sussurrando-lhe e sorrindo timidamente, e que alegria era para ele poder segurar uma delas...

"Dobre seus braços ao redor dela. Não fique duro assim. Você vai derrubá-la", Isabel dizia com firmeza.

Agora eles estavam na varanda segurando Snooker, que queria entrar na casa, mas não tinha permissão, porque a tia Linda detestava cães sem linhagem.

"Nós viemos no ônibus com a mamãe", eles disseram, "e vamos passar a tarde toda com vocês. Trouxemos uma fornada do nosso biscoito de gengibre para a tia Linda. Nossa Minnie que fez. Está cheio de frutas secas."

"Eu descasquei as amêndoas", disse Pip. "Só coloquei minha mão numa panela de água fervendo e peguei algumas, dei uma espécie de beliscão nelas, e as amêndoas saíram voando das cascas, algumas até o teto. Não foi, Rags?"

Rags assentiu.

"Quando fazem bolos lá em casa", disse Pip, "nós sempre ficamos na cozinha, Rags e eu, eu pego a tigela e ele pega a colher e o batedor de ovos. Pão de ló é o melhor. É feito com uma massa espumante."

Ele desceu correndo os degraus do alpendre até o gramado, plantou as mãos na grama, inclinou-se para a frente e... não conseguiu ficar sobre a cabeça.

"Esse gramado é todo esburacado", disse. "É preciso um lugar plano para ficar de ponta-cabeça. Eu consigo andar de ponta-cabeça em volta da árvore do macaco. Não é, Rags?"

"Quase", disse Rags baixinho.

"Fique de ponta-cabeça no alpendre. Lá é bem plano", sugeriu Kezia.

"Não, sabichona", disse Pip. "Tem que ser em um lugar macio. Porque, se você balançar e cair, alguma coisa no seu pescoço estala e o pescoço quebra. Papai que me disse."

"Ah, vamos brincar de alguma coisa", disse Kezia.

"Muito bem", concordou Isabel rapidamente, "vamos brincar de hospital. Eu sou a enfermeira e Pip pode ser o médico e você, Lottie e Rags são os doentes."

Lottie não queria brincar disso porque na última vez Pip espremeu algo dentro de sua boca, algo que doeu muito.

"Buuu", zombou Pip.

"Era só suco de casca de mexerica."

"Bom, vamos brincar de casinha, então", disse Isabel. "Pip pode ser o pai e vocês vão ser nossos queridos filhinhos."

"Detesto brincar de casinha", retrucou Kezia. "Você sempre nos faz ir para a igreja de mãos dadas, voltar para casa e ir para a cama."

De repente Pip tirou um lenço sujo do bolso.

"Snooker! Aqui, garoto", chamou ele. Mas Snooker, como sempre, tentou fugir, com o rabo entre as pernas. Pip pulou em cima dele e o prendeu entre os joelhos.

"Prenda bem a cabeça dele, Rags", disse e amarrou o lenço em volta da cabeça de Snooker com um nó engraçado bem no alto.

"Para que isso?", perguntou Lottie.

"Para que as suas orelhas cresçam mais perto da cabeça – está vendo?", explicou Pip. "Todos os cães de briga têm orelhas que apontam para trás. Mas as orelhas do Snooker são muito macias."

"Eu sei", disse Kezia. "Elas estão sempre virando para dentro. Detesto isso."

Snooker deitou-se, tentou inutilmente tirar o lenço com a pata, mas, percebendo que não conseguiria, rastejou atrás das crianças, estremecendo de tristeza.

IX

Pat chegou balançando-se; segurava um machadinho de índio, que brilhava com o sol.

"Venham comigo", disse para as crianças, "e vou mostrar como os reis da Irlanda cortam a cabeça de um pato."

Eles hesitaram. Não acreditavam nele e, além disso, os meninos Trout nunca tinham visto Pat antes.

"Venham logo", ele insistiu, sorrindo e dando a mão para Kezia.

"É a cabeça de um pato de verdade? Do nosso pasto?"

"Sim", respondeu Pat. Ela segurou a mão grande e ressecada dele e ele enfiou a machadinha no cinto, dando a mão livre para Rags. Ele adorava crianças.

"É melhor eu segurar a cabeça do Snooker se vai haver sangue por aqui, porque ver sangue o deixa terrivelmente bravo", disse Pip. E correu na frente agarrando Snooker pelo lenço.

"Você acha que temos que ir?", cochichou Isabel. "Nós nem tínhamos perguntado nada. Tínhamos?"

Havia um portão na cerca de madeira dos fundos do pomar. Do outro lado, um barranco íngreme levava a uma ponte que atravessava o riacho e, ao cruzar a margem, chegava-se às pastagens. Um velho estábulo fora transformado em abrigo para as aves. A maioria delas ficava espalhada por toda a área vizinha ao pasto, mas os patos foram mantidos próximos ao riacho por que passava a ponte.

Grandes arbustos enfeitavam a correnteza com folhas vermelhas, flores amarelas e cachos de amoras. Em alguns lugares, a corrente era larga e rasa, mas em outros ela mergulhava em pequenas piscinas profundas com as bordas cheias de espuma e bolhas trêmulas. Era nessas piscinas que os grandes patos brancos se sentiam em casa, nadando e mergulhando ao longo das margens gramadas.

Eles nadavam alisando o lustroso peito com o bico, junto de patos de outras cores, para cima e para baixo.

"Lá vai a pequena marinha irlandesa", disse Pat, "e veja só o velho almirante ali com o pescoço verde e o mastro da bandeira na cauda."

Ele tirou um punhado de grãos do bolso e começou a andar devagarinho em direção ao abrigo das aves, com o chapéu de palha com a copa quebrada enterrado nos olhos.

"Pi, pi, pi, pi, pi...", chamou.

"Quá, quá, quá, quá, quá...", responderam os patos saindo da água, batendo as asas e misturando-se às margens, ziguezagueando em uma longa fila. Ele os enganava fingindo jogar os grãos, balançando-os em suas mãos e chamando-os, até que se formou um grande círculo branco ao seu redor.

Ao longe, as outras aves ouviram o tumulto e também vieram gralhando e correndo pelo pasto, do jeito esquisito que só elas sabem, as cabeças esticadas para a frente, as asas abertas e os pés virados.

Então Pat espalhou os grãos e os patos gulosos começaram a devorar. Rapidamente ele se abaixou, pegou dois deles, um sob cada braço, e avançou em direção às crianças. Suas cabeças pontudas e olhos esbugalhados assustaram as crianças – todos, exceto Pip.

"Tenha dó, seus bobões", gritou ele, "eles não podem morder. Não têm nenhum dente. Só têm esses dois buraquinhos no bico para respirar."

"Você pode segurar um deles enquanto eu termino com o outro?", perguntou Pat. Pip largou Snooker. "Se eu posso? Se eu posso? Passe um deles. Não me importo se ele chutar."

Ele quase soluçou de prazer quando Pat colocou aquele amontoado branco em seus braços.

Havia um velho cepo ao lado da porta do abrigo das aves. Pat agarrou o pato pelas pernas, deitou-o no cepo e quase instantaneamente desceu a machadinha, e a cabeça do pato voou para longe. Sangue esguichou pelas penas brancas e sobre sua mão.

Quando as crianças viram o sangue, não sentiram mais medo. Elas se amontoaram ao redor dele e começaram a gritar. Até mesmo Isabel pulava de um lado para o outro chorando: "O sangue! O sangue!" Pip esqueceu-se completamente do pato. Simplesmente jogou-o longe e gritou: "Eu vi. Eu vi", e pulava em torno do cepo.

Rags, as bochechas brancas como papel, correu até a cabecinha, esticou um dedo como se fosse tocá-la, encolheu e esticou-o novamente. Seu corpo tremia da cabeça aos pés.

E Lottie, a pequena e medrosa Lottie, começou a rir e apontar para o pato, gritando:

"Olhe, Kezia, olhe".

"Vejam isso!", gritou Pat. Ele colocou o corpo no chão, que

começou a requebrar, com um esguicho de sangue onde antes estava a cabeça; sem fazer barulho, passou a andar até o barranco que levava ao riacho... Esse foi o momento mais glorioso.

"Vocês viram aquilo? Vocês viram aquilo?", gritou Pip. Ele correu entre as meninas puxando seus aventais.

"Parece uma pequena locomotiva. Como uma pequena locomotiva engraçada", grunhiu Isabel.

Mas, de repente, Kezia correu até Pat e agarrou suas pernas, enfiando sua cabeça tão forte quanto pôde entre seus joelhos.

"Ponha a cabeça de volta! Ponha a cabeça de volta!", gritava ela.

Quando ele se abaixou para pegá-la, ela não cedeu nem tirou sua cabeça dos joelhos dele. Segurou-se o mais forte que podia e soluçava: "Cabeça de volta! Cabeça de volta!", até que sua voz se tornou um soluço forte e bizarro.

"Já parou. Está lá caído. Morreu", disse Pip.

Pat puxou Kezia para seus braços. Seu bonezinho tinha caído, mas ela não o deixava ver seu rosto. Não, ela empurrou o rosto contra um osso em seu ombro e apertou os braços ao redor do pescoço dele.

As crianças pararam de gritar tão bruscamente quanto começaram. Ficaram em pé em volta do pato morto. Rags não tinha mais medo da cabeça. Ajoelhou-se e começou a acariciá-la.

"Não acho que a cabeça já esteja bem morta", disse. "Você acha que ela ficaria viva se eu lhe desse algo para beber?"

Mas Pip ficou aborrecido:

"Ah, seu bebê!" Ele assobiou para Snooker e foi embora.

Quando Isabel foi até Lottie, ela a afastou. "Por que você fica sempre me tocando, Isabel?"

"Chega agora", disse Pat para Kezia. "Grande garota!"

Ela levantou as mãos e tocou as orelhas dele. E sentiu algo. Aos poucos, a menina levantou o rosto trêmulo e olhou. Pat usava pequenos brincos de ouro. Ela não sabia que homens usavam brincos. Ficou bastante surpresa.

"Eles saem?", perguntou, rouca.

X

Na casa, na cozinha confortável e organizada, Alice, a criada, estava preparando o chá da tarde. Estava "uniformizada". Usava um vestido liso preto que cheirava debaixo dos braços, um avental branco parecido com uma grande folha de papel e um laço de renda preso ao cabelo com dois grampos. Os confortáveis chinelos de lã deram lugar a um par de couro preto que apertava o calo de seu dedinho, o que era desumano...

Fazia calor na cozinha. Uma mosca-varejeira zunia, um leque de vapor esbranquiçado saía da chaleira, e sua tampa chacoalhava com o borbulhar da água. O tique-taque do relógio ecoava no ambiente quente, devagar e precisamente, como o ruído de uma velha tricotando e, às vezes – sem nenhum motivo, já que não havia nenhuma brisa –, a persiana balançava, batendo na janela.

Alice preparava sanduíches de agrião. Ela tinha uma barra

de manteiga na mesa, um filão de pão e o agrião sobre um pano branco.

Mas, junto à manteigueira, havia um livrinho sujo e gordurento, meio descosturado, com as pontas curvadas, no qual, enquanto ela amassava a manteiga, lia:

"Sonhar com besouros pretos levando um carro funerário é mau agouro. Significa a morte de alguém próximo ou querido, seja pai, marido, irmão, filho, seja pretendente. Besouros andando para trás enquanto você os observa significa morte por fogo ou de grandes alturas como escadas, andaimes etc."

"Aranhas. Sonhar com aranhas rastejando sobre você é bom. Significa grandes quantidades de dinheiro em um futuro próximo. Em caso de gravidez na família, um parto tranquilo é esperado. Mas deve-se evitar ingerir frutos do mar oferecidos como presente no sexto mês..."

"Quantos milhares de passarinhos eu vejo."

Ó, vida. Lá vem a srta. Beryl. Alice deixou cair a faca e escondeu o *Livro dos Sonhos* debaixo da manteigueira. Mas não teve tempo para escondê-lo direito, já que Beryl entrou correndo na cozinha e foi até a mesa, e a primeira coisa que viu foram suas pontas engorduradas. Alice percebeu o sorrisinho malvado da srta. Beryl e a forma como ergueu as sobrancelhas e apertou os olhos, como se não tivesse certeza do que tinha visto. Caso a srta. Beryl perguntasse, decidiu que responderia: "Nada que lhe pertença, senhorita".

Mas ela sabia que a srta. Beryl não perguntaria nada.

Na verdade, Alice era uma criatura meiga, mas tinha na ponta da língua as respostas mais incríveis para questões que sabia que nunca lhe seriam perguntadas. Criar as respostas e ficar ruminando-as sem parar a consolava tanto quanto se ela as tivesse proferido. Na verdade, elas a mantinham viva em lugares onde havia sido tão assediada que, como costumava dizer, tinha medo de ir para a cama com uma caixa de fósforos na cadeira ao lado, no caso de perder a cabeça.

"Ah, Alice", disse a srta. Beryl. "Mais uma pessoa virá para o chá, então esquente um prato dos bolinhos de ontem, por favor. E coloque na mesa o bolo vitoriano[10] e também o bolo de café. E não se esqueça das toalhinhas sob os pratos, tudo bem? Você esqueceu ontem, e o chá pareceu tão feio e vulgar. E, Alice, não ponha aquela velha capa rosa e verde horrorosa na chaleira novamente. Ela deve ser usada somente de manhã. Na verdade, acho que ela não deveria nem sair da cozinha – está tão surrada e malcheirosa. Coloque a japonesa no lugar. Entendeu tudo, não é?"

A srta. Beryl terminara.

"Cantando alto em
cada árvore..."

Cantou ao sair da cozinha, muito satisfeita com sua maneira rígida de lidar com Alice.

---

10 No original, *Victoria Sandwich*, receita inglesa de bolo amanteigado com recheio de geleia de framboesa e chantili e cobertura de açúcar. (N. do T.)

Ah, Alice era arisca. Ela não se importava em receber ordens, mas havia algo na forma como a srta. Beryl falava que ela não conseguia suportar. Ah, não podia. Tal maneira a fazia revirar-se por dentro, como se costumava dizer, e ela chegava a tremer. Mas o que Alice realmente odiava na srta. Beryl era como ela a fazia se sentir inferior. Ela falava com Alice em um tom de voz como se ela nem estivesse ali; e nunca perdia a paciência com ela – nunca. Mesmo quando Alice derrubava algo ou esquecia algo importante, a srta. Beryl parecia já esperar que aquilo acontecesse.

"Por favor, sra. Burnell", disse uma Alice imaginária, enquanto passava manteiga nos bolinhos, "prefiro não receber ordens da srta. Beryl. Posso ser uma criada comum que não sabe tocar violão, mas..."

Essa última réplica a agradou tanto que ela praticamente recuperou o humor.

"A única coisa a fazer", ela ouviu, ao abrir a porta da sala de jantar, "é cortar as mangas completamente e deixar, no lugar, só uma faixa larga de veludo preto nos ombros..."

XI

O pato branco parecia nunca ter tido uma cabeça quando Alice o colocou diante de Stanley Burnell à noite. Fartamente embebido em resignação, foi servido em uma louça azul – as pernas amarradas com um pedaço de cordão e uma espiral de bolinhas de recheio em volta.

Era difícil dizer quem tinha sido mais embebido na resignação, Alice ou o pato. Ambos apresentavam cores tão atraentes e tinham o mesmo ar acetinado e tenso. Mas Alice estava vermelha como fogo enquanto o pato parecia mogno espanhol.

Burnell passou os olhos pela lâmina da faca de trinchar. Orgulhava-se muito da sua habilidade em cortar carnes de forma primorosa. Ele detestava ver uma mulher trinchando a carne; elas sempre eram muito lentas e pareciam não se importar com a aparência das fatias. Ele, sim, tinha verdadeiro orgulho de cortar delicadas fatias de rosbife, pequenos pedaços de carneiro, com a espessura perfeita, de desmembrar uma galinha ou um pato com precisão...

"É o primeiro produto da casa?", perguntou, sabendo perfeitamente que era.

"Sim, o açougueiro não veio. Descobrimos que ele só aparece duas vezes por semana."

Mas não havia necessidade de desculpas. Era uma ave extraordinária. Nem parecia carne, mas uma geleia da melhor qualidade.

"Meu pai diria", disse Burnell, "que essa deve ter sido uma daquelas aves criadas ao som da flauta alemã. E os acordes do melodioso instrumento agem com tamanho efeito na mente infantil... Quer mais, Beryl? Você e eu somos os únicos nesta casa que apreciam a boa comida. Posso perfeitamente declarar em um tribunal, se necessário, que eu amo a boa comida."

O chá foi servido na sala de visitas, e Beryl, que por algum motivo tinha se mostrado encantadora com Stanley desde que ele chegara em casa, sugeriu que jogassem cartas. Sentaram-se a uma mesinha perto de uma das janelas abertas. A sra. Fairfield desapareceu, e Linda descansava em uma cadeira de balanço, os braços sobre a cabeça, balançando para a frente e para trás.

"Você não quer a luz, quer, Linda?", perguntou Beryl. Ela moveu o lampião para se sentar sob sua luz suave.

Como os dois pareciam distantes de onde Linda estava sentada se balançando. A mesa verde, as cartas brilhando, as mãos grandes de Stanley e as pequenas de Beryl, tudo parecia fazer parte de um misterioso movimento. Mesmo Stanley, grande e forte em seu terno escuro, estava à vontade, e Beryl jogava a cabeça para trás e fazia beicinho. Usava um laço de veludo desconhecido em volta do pescoço. De alguma forma, ele a mudava – alterava o formato do seu rosto –, mas era charmoso, considerou Linda. A sala cheirava a lírios; havia dois vasos grandes com copos-de-leite na lareira.

"Quinze dá dois pontos; mais quinze, quatro pontos; com um par, seis e uma sequência de três dá nove", disse Stanley, tão concentrado que parecia estar contando ovelhas.

"Só tenho dois pares", disse Beryl, exagerando sua perda porque sabia como ele adorava vencer.

As sequências de cartas pareciam duas pessoinhas subindo uma rua juntas, virando uma esquina e voltando pela paralela. Estavam perseguindo uma à outra. Não queriam ficar muito à frente da outra para, assim, conseguirem conversar – ou para, simplesmente, ficarem perto.

Mas não, havia sempre alguém impaciente que pulava à frente quando a outra pessoa se aproximava e não queria escutar.

Talvez um naipe preto tivesse medo do vermelho ou talvez fosse cruel e não quisesse dar ao vermelho uma chance de falar...

Beryl usava um ramo de amores-perfeitos na frente do vestido e, quando as cartas estavam lado a lado, ela se inclinava e as flores caíam e as cobriam.

"Que pena", disse ela, pegando os amores-perfeitos. "Como se tivessem a chance de voar um nos braços do outro."

"Adeus, minha menina", riu Stanley e tirou a sequência de naipes vermelhos do jogo.

A sala de visitas era longa e estreita, com portas de vidro que se abriam para o alpendre. Tinha um papel de parede creme estampado com rosas douradas, e a mobília, que pertencera à velha sra. Fairfield, era escura e simples. Um pequeno piano ficava contra a parede entalhada forrada com seda amarela pregueada. Sobre o piano havia uma pintura a óleo pintada por Beryl, com um imenso ramalhete de clematis. Cada flor tinha o tamanho de um pires pequeno, cujo centro parecia um olho espantado contornado de preto. Mas a sala ainda não estava pronta. Stanley tinha planos de comparar um sofá capitonê e duas cadeiras decentes. Linda preferia que tudo ficasse como estava...

Duas grandes mariposas entraram pela janela e circulavam ao redor do lampião.

"Vão embora antes que seja tarde demais. Voem para fora novamente." Ficaram voando em círculos; pareciam trazer o silêncio e a luz do luar para dentro da sala com suas asas silenciosas.

"Tenho dois reis", disse Stanley. "Isso é bom?"

"Muito bom", respondeu Beryl.

Linda parou de se balançar e levantou-se. Stanley olhou para ela.

"Algum problema, querida?"

"Não, nada. Vou procurar a mãe."

Saiu da sala e, parada ao pé das escadas, chamou, mas a resposta de sua mãe veio do alpendre.

A lua que Lottie e Kezia tinham visto da charrete do carregador estava cheia, e a casa, o jardim, a velha senhora e Linda todos eram banhados por uma luz deslumbrante.

"Estive olhando a babosa", disse a sra. Fairfield. "Acho que vai florescer este ano. Olhe-a no alto. São brotos ou só efeito da luz?"

Enquanto a contemplavam dos degraus, a rampa de grama alta onde ficava a babosa parecia erguer-se como uma onda, com a babosa navegando feito um barco com os remos levantados. O luar brilhante passava através dos remos como água, e na onda esverdeada brilhava o orvalho.

"Você também sente", disse Linda e falou com sua mãe com aquela voz especial que as mulheres usam entre si à noite como se falassem durante o sono ou de uma caverna rasa", você não sente que ela está vindo em nossa direção?

Ela sonhava que era levada pela água fria até o barco com os remos levantados e o mastro saliente. Agora os remos caíam, batendo rápido, rápido. Remavam para longe, acima dos jardins, das pastagens e além da floresta escura. E ela se ouviu gritar àqueles que estavam remando:

"Mais rápido! Mais rápido!"

Quão mais real era esse sonho do que o fato de que deveriam voltar para dentro, onde as crianças dormiam e Stanley e Beryl jogavam cartas.

"Acho que são brotos, sim", disse ela. "Vamos lá embaixo no jardim, mãe. Gosto daquela babosa. Mais do que qualquer outra coisa aqui. E tenho certeza que vou lembrar dela muito depois de ter esquecido de todo o resto."

Ela colocou sua mão no braço da mãe e elas desceram pelos degraus, contornaram a ilha e foram até a trilha principal que levava aos portões da frente.

Olhando de baixo, ela podia ver as pontas das folhas da babosa, que pareciam longos chifres pontiagudos, e ao vê-los seu coração endureceu... Ela gostava especialmente dos longos chifres pontiagudos... Ninguém ousaria chegar perto do barco, nem mesmo segui-lo.

"Nem mesmo meu cão terra-nova", pensou ela, "de quem gosto tanto durante o dia."

Porque ela realmente gostava dele; definitivamente ela o adorava, admirava e o respeitava. Ah, mais que qualquer um nesse mundo. Ela o conhecia por completo.

Ele era a encarnação da decência e da verdade e, por toda a sua experiência prática, era extremamente simples, fácil de se agradar e de se magoar...

Se ao menos ele não pulasse tanto nela ou latisse tão alto, nem a olhasse com olhos tão amorosos e carentes. Ele era muito forte para ela; ela sempre odiou coisas que corressem em sua direção. Certas vezes, ele era amedrontador – realmente amedrontador. Justamente quando ela não gritara a plenos pulmões:

"Você está me matando". Naquelas ocasiões, ela queria ter dito tudo de mais vulgar e odioso...

"Você sabe que sou muito frágil. Sabe também, tanto quanto eu, que meu coração está prejudicado e que o doutor lhe disse que posso morrer a qualquer instante. Já passei por três gestações..."

Sim, sim, era verdade. Linda tirou sua mão do braço da mãe. Apesar de todo seu amor, respeito e admiração, ela o odiava. E como ele era carinhoso depois de tempos como aqueles, submisso e atencioso. Ele faria qualquer coisa por ela; ele ansiava por servi-la... Linda se ouviu dizendo com uma voz fraca: "Stanley, pode acender uma vela?"

E ouviu sua resposta alegre: "Claro que sim, minha querida". E ele pulava da cama como se fosse pular até a lua por ela.

Nunca fora tão claro para ela quanto neste momento. Havia todos os seus sentimentos por ele, precisos e definidos, todos verdadeiros. E havia esse outro, esse ódio, tão real quanto o restante. Ela poderia embrulhar todos os seus sentimentos em pequenos pacotes e entregá-los para Stanley. Ela ansiava por entregar-lhe este último, como uma surpresa. Poderia até ver seus olhos enquanto o abria...

Ela abraçou seus braços cruzados e começou a rir silenciosamente. Como a vida era absurda – era risível, simplesmente risível. E por que essa sua mania de manter-se viva? Porque realmente era uma mania, pensou, rindo e debochando.

"Por que estou me guardando tão solenemente? Devo continuar tendo filhos e Stanley continuará fazendo dinheiro e as crianças e o jardim vão crescer cada vez mais e mais, com frotas inteiras de babosas à minha escolha."

Ela tinha andado com a cabeça baixa, olhando para o nada. Agora olhava à frente e ao redor de si. Elas estavam ao lado dos arbustos de camélias brancas e vermelhas. Suas folhas grossas e escuras ficavam lindas salpicadas de luz e de florzinhas, que se dependuravam nelas como pássaros vermelhos e brancos. Linda colheu um raminho de verbena, esmagou-o e estendeu as mãos para a mãe.

"Encantador", disse a velha senhora. "Está com frio, filha? Está tremendo? Sim, suas mãos estão geladas. É melhor voltarmos para casa."

"No que estava pensando?", perguntou Linda. "Conte para mim."

"Não estava pensando em nada, de verdade. Ao passarmos pelo pomar, me perguntava como são as árvores frutíferas e se poderemos fazer bastante geleia neste outono. Há alguns arbustos maravilhosos de groselha na horta. Só percebi hoje. Gostaria de ver as prateleiras da despensa repletas da nossa própria geleia..."

XII

"Minha querida Nan,

Não pense que sou desleixada por não ter escrito antes. Não tive tempo, querida, e mesmo agora estou tão exausta que mal consigo segurar a caneta.

Bem, o temível negócio foi selado. Deixamos efetivamente o burburinho da cidade e não consigo imaginar como poderíamos voltar, já que meu cunhado comprou não só esta casa, mas 'tudo que a vista alcança', para usar as palavras dele.

De certa forma, claro, é um tremendo alívio, porque ele ameaçava comprar uma propriedade no campo desde que moro com eles. E devo dizer que a casa e o jardim são extremamente bonitos — milhões de vezes melhores que aquele cubículo da cidade.

Mas vejo-me enterrada, minha querida. Enterrada não é a palavra.

Temos vizinhos, mas são apenas fazendeiros — grosseirões que parecem ordenhar as vacas o dia todo e duas mulheres horrorosas com dentes de coelho que nos trouxeram alguns bolinhos enquanto tratávamos da mudança e que nos disseram que teriam prazer em ajudar. Mas minha irmã, que mora a quase dois quilômetros daqui, não conhece vivalma por esses lados, então é certo que também não conheceremos. É quase certeza que ninguém jamais sairá da cidade para vir nos ver, porque, apesar de haver um ônibus, não passa de uma lata velha barulhenta com laterais de couro preto, que ninguém decente ousaria suportar por quase dez quilômetros.

É a vida. Um final triste para a pequena B. Terei me tornado um traste horrível em um ano ou dois e irei visitá-la numa capa impermeável e chapéu de marinheiro amarrado com um lenço de seda chinesa branca cobrindo o rosto. Tão bonita!

Stanley diz que agora que estamos instalados. Porque depois da pior semana da minha vida realmente estamos instalados. Ele vai trazer um par de homens do clube nas tardes de sábado para jogar tênis. Na verdade, dois deles devem ser a grande surpresa de hoje. Mas, minha querida, se você visse os colegas de clube do Stanley... Gordinhos, do tipo que fica pavorosamente indecente sem coletes; sempre com pés tortos – algo tão evidente quando se usa tênis brancos na quadra. E ficam puxando as calças a cada minuto – sabia? – e atingem objetos imaginários com suas raquetes.

Eu costumava jogar com eles no clube no verão passado e tenho certeza de que você saberá de que tipo de homem estou falando quando lhe contar que, depois de estar no clube por três vezes, todos me chamavam de srta. Beryl. Que mundo extenuante. Obviamente mamãe adora o lugar, mas acho que quando tiver a idade de minha mãe também deveria me contentar em sentar-me ao sol e descascar ervilhas em uma bacia. Mas não vou, não vou, não vou...

O que Linda acha de toda essa situação, como de hábito, não faço a menor ideia. Misteriosa como sempre...

Minha querida, você lembra daquele meu vestido branco acetinado? Tirei as mangas completamente, coloquei tiras de veludo negro nos ombros e duas grandes papoulas vermelhas do chapéu da minha querida irmã. Foi um grande sucesso, mas não sei quando poderei usá-lo.

Beryl escreveu essa carta em uma mesinha no seu quarto. Claro que, de certa forma, tudo era absolutamente verdade, mas por outro lado era uma grande tolice e ela não acreditava em uma palavra de tudo aquilo. Não, não era verdade. Ela sentia tudo aquilo, mas não realmente daquela forma.

Foi seu outro eu que escrevera aquela carta. E ele não somente entediava, mas também repugnava seu verdadeiro eu.

"Frívola e tola", disse seu verdadeiro eu. Ainda assim, ela sabia que enviaria a carta e continuaria a escrever esse tipo de bobagens para Nan Pym. Na verdade, era um exemplar moderado do tipo de cartas que ela geralmente escrevia.

Beryl apoiou os cotovelos na mesa e releu tudo de novo. A voz da carta parecia alcançá-la através das páginas. Já lhe parecia vazia, como uma voz que se ouve através do telefone, aguda, efusiva, com um tom amargo. Ah, ela detestava isso hoje.

"Você sempre foi tão animada", dissera Nan Pym. "É por isso que os homens se interessam tanto por você."

E Nan adicionou, num lamento, que os homens não tinham nenhum interesse por ela, que era um tipo robusto de garota, com quadris largos e bastante corada: "Não consigo entender como você consegue se manter assim. Mas é da sua natureza, acho".

Que absurdo. Que bobagem. Não era nem um pouco da sua natureza. Por Deus, se ela tivesse mostrado seu verdadeiro eu para Nan Pym, Nannie teria pulado da janela de tão espantada... "Minha querida, você lembra daquele meu vestido branco..." Beryl espancou o estojo de cartas.

Ela levantou-se e, meio inconscientemente, deixou-se levar até o espelho.

Lá estava aquela garota magra de branco – uma saia de sarja branca, uma blusa de seda branca e um cinto de couro bem apertado na minúscula cintura.

Seu rosto tinha formato de coração, largo nas sobrancelhas e com um queixo pontudo – mas não muito pontudo. Seus olhos, talvez seus olhos fossem sua melhor característica; eram de uma cor estranha e incomum – azuis-esverdeados com pequenos pontinhos dourados.

Ela tinha finas sobrancelhas pretas e longos cílios. Tão longos que quando caíam sobre suas bochechas era possível perceber certa luz neles, já lhe tinham dito mais de uma vez.

Sua boca era bem grande? Muito grande? Não, não realmente. Seu lábio inferior se destacava um pouco; ela tinha um jeito de encolhê-lo que alguém dissera ser terrivelmente fascinante.

O nariz era seu atributo menos satisfatório. Não que ele fosse feio. Mas não tinha metade da beleza do nariz de Linda. Linda tinha um narizinho perfeito. O dela era meio largo – não absurdamente. E o mais provável é que Beryl exagerasse sua largura porque era seu próprio nariz, e ela era muito crítica consigo mesma. Ela beliscou-o com o polegar e o indicador e fez uma careta...

Cabelos adoráveis, adoráveis. E com muito volume. Tinham a cor de folhas recém-caídas, castanho-avermelhados com um toque de loiro. Quando os trançava, ela os sentia pelas costas como uma longa cobra. Ela adorava sentir seu peso ao jogar a cabeça para trás e adorava deixá-los soltos, cobrindo seus braços nus. "Sim, minha querida, não há dúvidas quanto a isso, você com certeza é uma coisinha adorável."

Com essas palavras, ela inflou o peito; e, com grande prazer, inspirou profundamente com os olhos entreabertos.

Mas enquanto se olhava seu sorriso desapareceu dos lábios e dos olhos. Ó, Deus, lá estava ela, de volta mais uma vez, jogando o velho jogo. Falsa – falsa como sempre. Falsa como quando escrevera para Nan Pym. Falsa mesmo quando estava sozinha, como agora.

O que aquela criatura no espelho tinha a ver com ela e por que a encarava? Ela se virou para o lado da cama e enterrou o rosto em seus braços.

"Ah", gritou ela, "sou tão infeliz, tão terrivelmente infeliz. Eu sei que sou tola, rancorosa e egoísta; estou sempre encenando um papel. Nunca sou meu eu verdadeiro nem por um momento." E claramente, evidentemente, ela via seu falso eu correndo pelas escadas para cima e para baixo, rindo intensamente quando tinham visitas, posicionando-se sob o lampião se um homem viesse para o jantar, para que ele pudesse ver a luz em seus cabelos, fazendo beicinho e fingindo ser uma garotinha quando lhe pediam para tocar violão. Por quê? Até mesmo por Stanley ela se sujeitava a isso tudo. Na noite passada mesmo, quando ele estava lendo o jornal, seu falso eu ficou ao seu lado e apoiou-se nos seus ombros de propósito. Ela não tinha colocado sua mão na dele, mostrando-lhe algo somente para que ele visse quão branca sua mão era ao lado da dele?

Que desprezível! Desprezível! Seu coração estava congelado de raiva. "É maravilhoso como você consegue se manter assim", disse ela para seu falso eu. Mas isso acontecia porque ela era muito infeliz – tão infeliz. Se ela fosse feliz e dona da própria vida, a vida falsa deixaria de existir. Ela contemplou a verdadeira Beryl – uma sombra... uma sombra. Ela brilhava fraca e imaterial. O que havia dela além de seu brilho? E, a não ser por breves momentos, ela era realmente ela. Beryl poderia se lembrar de quase todos eles. Neles, ela sentira: "A vida é rica, misteriosa e boa, e eu sou rica, misteriosa e boa também. Será que algum dia serei aquela Beryl para sempre? Será? Como poderia? E já houve um tempo em que minha falsa eu não existia?..." Mas, no momento em que chegara tão longe, ouviu passos correndo no corredor; a maçaneta da porta rangeu. Kezia entrou. "Tia Beryl, mamãe perguntou se poderia fazer o favor de descer. Papai está em casa com um homem, e o almoço está pronto."

Que chateação! Como amarrotara a saia ao ajoelhar-se desse jeito idiota.

"Muito bem, Kezia." Ela foi até a penteadeira e empoou o nariz.

Kezia seguiu-a e destampou um potinho de creme, cheirando-o. Sob o braço, carregava um gato malhado imundo.

Quando a tia Beryl saiu do quarto, ela pôs o gato em cima da penteadeira e cobriu-lhe a orelha com a tampa do pote de creme.

"Olhe só para você", disse com severidade.

O gato malhado ficou tão espantado ao se ver que pulou para trás e se bateu, e se bateu de novo no chão. E a tampa do creme voou pelo ar, rolou como uma moeda no chão de linóleo – e não se quebrou.

Mas para Kezia ela tinha se quebrado no momento em que voou pelo ar. A menina apanhou-a, morrendo de medo, e colocou-a de volta na penteadeira. Então saiu nas pontas dos pés, bem depressa e sorrateira...

FELICIDADE

Embora com trinta anos, Bertha Young ainda passava por momentos como esse, em que preferiria correr em vez de andar, dar passos de dança subindo e descendo a calçada, brincar de rolar um bambolê pelo chão, jogar algo para cima e apanhar no ar ou ficar parada e simplesmente rir – apenas rir à toa.

O que fazer quando se tem trinta anos e, ao dobrar a esquina da própria rua, você é tomada, de repente, por uma sensação de felicidade – absoluta felicidade! – como se de uma hora para a outra você engolisse um pedaço brilhante daquele sol da tarde e ele ardesse em seu peito, irradiando uma torrente de faíscas em cada partícula, em cada um de seus dedos?...

Ah, não há jeito de explicar essa sensação sem soar... embriagada e arruaceira ? Como a civilização é estúpida! Por que nos dar um corpo se temos que mantê-lo fechado como um violino raro, raríssimo?

"Não, isso a respeito do violino não é exatamente o que quero dizer", pensou ela, subindo os degraus correndo, tateando a bolsa à procura da chave – que ela esquecera, como sempre – e chacoalhando a caixa do correio. "Não é bem isso que quero dizer, porque... obrigada, Mary." Entrou no saguão. "A baba já voltou?"

"Sim, senhora."

"E as frutas, chegaram?"

"Sim, senhora. Já chegou tudo."

"Traga as frutas para a sala de jantar, por favor. Vou arrumá-las antes de subir."

Estava frio e escuro na sala de jantar. Mesmo assim, Bertha tirou o casaco; não podia suportar nem mais um instante aquele aperto, e o ar frio tomou seus braços.

Mas no seu peito ainda conservava-se aquele lugar luminoso e brilhante – a enxurrada de faíscas interna. Era quase insustentável. Ela mal ousava respirar por medo de acentuá-la ainda mais e, mesmo assim, ela respirava, respirava profundamente. Também não ousava olhar para o espelho frio. Contudo olhava, e o reflexo era de uma mulher radiante, com lábios trêmulos e sorridentes, grandes olhos escuros e um semblante de escuta, de espera por algo... divino... que ela sabia que aconteceria... inevitavelmente.

Mary trouxe as frutas em uma bandeja, junto com uma tigela de vidro e um adorável prato azul com um brilho estranho, como se tivesse sido mergulhado no leite.

"Devo acender a luz, senhora?"

"Não, obrigada. Posso ver muito bem."

Havia tangerinas e maçãs misturadas a morangos rosados. Algumas peras amarelas, macias como seda, uvas verdes cobertas de florzinhas prateadas e um grande cacho de uvas vermelhas. Estas, ela comprara para combinar com o tapete novo da sala de jantar. Sim, isso soava improvável e absurdo, mas foi exatamente por isso que as adquirira. Ainda na loja, pensou: "Tenho que ter algumas uvas vermelhas para dar destaque ao carpete". E, naquele momento, pareceu fazer sentido.

Quando terminou de arrumar as frutas e fazer duas pirâmides com as brilhantes formas redondas, ela se afastou da mesa para poder avaliar melhor o efeito – e era realmente curioso. Porque a mesa escura parecia dissolver-se na penumbra, e o prato de vidro e a tigela azul[11] pareciam flutuar no ar. O que, dado seu humor atual, era tão incrivelmente bonito... E ela começou a rir.

"Não, não. Estou ficando histérica." Então pegou sua bolsa e o casaco e correu pelas escadas acima até o quarto do bebê.

A babá estava sentada a uma mesa baixa dando o jantar à pequena B, depois de seu banho. O bebê usava uma camisola de flanela branca e um casaquinho de lã azul, e seus cabelos finos e escuros estavam arrumados em uma ponta engraçada. Assim que viu a mãe, olhou para cima e começou a pular.

"Pronto, minha queridinha, coma tudo como uma boa menina", disse a babá, abrindo os lábios de uma maneira que Bertha já conhecia, indicando que ela tinha chegado na hora errada.

"Ela tem se comportado bem, babá?"

"Ela foi um docinho a tarde toda", murmurou a babá. "Fomos ao parque e, quando me sentei e a tirei do carrinho,

---

11 No original, a autora inverte as louças apresentadas anteriormente, não se sabe se de propósito ou por mera distração. A tigela de vidro e o prato azul, citados poucas frases acima, tornam-se um prato de vidro e uma tigela azul neste parágrafo. (N. do T.)

um grande cachorro apareceu, pôs a cabeça no meu joelho e ela agarrou a orelha dele e puxou. Ah, você precisava ter visto."

Bertha quis perguntar se não era perigoso deixar sua filha agarrar a orelha de um cachorro desconhecido. Mas ela não se atreveu. Ficou parada olhando-as, com as mãos ao longo do corpo, como uma garotinha pobre diante da garotinha rica com a boneca.

A menina olhou de novo para ela, encarou-a e sorriu de um modo tão adorável que Bertha não se conteve e pediu:

"Ah, babá, deixe-me terminar de dar o jantar para ela enquanto você arruma as coisas do banho."

"Bem, sra., não se deve trocar a pessoa que lhe dá de comer no meio da refeição", disse a babá, ainda sussurrando. "Isso é um transtorno; é bem provável que a deixará agitada."

Como isso era absurdo. Por que ter um bebê se ele deve ser mantido – não fechado em uma caixa como um violino raro, raríssimo – nos braços de uma outra mulher?

"Ah, eu preciso!", disse ela.

Extremamente ofendida, a babá entregou-lhe o bebê. "Atenção, não a estimule demais depois de comer. A senhora sabe que a deixa agitada. E depois ela me dá tanto trabalho!"

Graças a Deus! A babá saiu do quarto com as toalhas de banho.

"Agora eu tenho você só para mim, minha riqueza", disse Bertha, enquanto o bebê se debruçava nela.

Ela comia com prazer, abrindo a boca para a colher e balançando as mãozinhas. Algumas vezes, não soltava a colher; e em outras, assim que Bertha a tinha enchido, a empurrava jogando tudo aos quatro cantos. Quando a sopa terminou, Bertha a virou para a lareira.

"Você é um doce; você é um docinho", disse ela, beijando o bebê quentinho. "Eu gosto de você. Eu adoro você."

E, realmente, ela amava tanto a pequena B – seu pescoço quando ela se inclinava, seus lindos dedinhos dos pés quase transparentes à luz da lareira – que aquela sua sensação de felicidade voltou novamente e, de novo, ela não sabia como expressá-la, o que fazer com aquilo.

"Estão chamando a senhora ao telefone", disse a babá, retornando triunfante e tomando sua pequena B.

Correu para o andar de baixo. Era Harry.

"Ah, é você, Ber? Veja só. Vou me atrasar. Pego um táxi e chego o mais rápido que puder, mas tente servir o jantar dez minutos mais tarde. Pode ser? Tudo bem?"

"Perfeitamente. Ah, Harry!"

"Sim?"

O que ela tinha a dizer? Não tinha nada a dizer. Só queria ficar mais um momento com ele. Ela não poderia simplesmente gritar: "Não tem sido um dia maravilhoso?"

"O quê?", insistiu a voz do outro lado.

"Nada. *Entendu*[12]", disse Bertha e desligou, pensando em como a civilização era mais que estúpida.

Tinham convidados para o jantar. Os Norman Knights, um

---

12 "Compreendido, entendido", em francês. Na maioria de seus contos, a autora coloca vários termos estrangeiros na língua original. Optou-se aqui por mantê-los assim e disponibilizar a tradução nas notas de rodapé, mesmo que sua leitura sem a versão em português não torne a compreensão do texto impossível. (N. do T.)

casal bastante comedido. Ele estava para inaugurar um teatro e ela adorava decoração de interiores; um jovem rapaz, Eddie Warren, que acabara de publicar um pequeno livro de poemas e que todos convidavam para jantar, e um achado de Bertha, de nome Pearl Fulton. O que a srta. Fulton fazia, Bertha não sabia. Elas se conheceram no clube, e Bertha se apaixonara, como sempre acontecia quando conhecia mulheres bonitas que emanavam algo estranho.

O mais curioso era que, embora tivessem se encontrado várias vezes e realmente conversado, Bertha não conseguia decifrá-la. Até um certo limite, a srta. Fulton era incrivelmente franca, o que era raro, mas o limite estava lá, e além dele ela não iria.

Haveria algo além? Harry disse "não". Achou-a um tanto entediante e "fria, como todas as mulheres loiras com um toque, talvez, de anemia do cérebro[13]". Mas Bertha não concordaria com ele; ainda não, pelo menos.

"Não, é a forma como ela se senta inclinando a cabeça para um lado, sorrindo, há algo por trás disso, Harry, e eu preciso descobrir o que é."

"Deve ser um bom estômago", respondeu Harry.

Ele fazia questão de provocá-la com respostas do tipo "fígado paralisado, minha querida" ou "flatulência pura" ou "mal

---

13 No original, *anæmia of the brain*. O que era chamado de "anemia do cérebro", no início do século XX, teve seu nome alterado para isquemia cerebral, condição caracterizada por uma diminuição da quantidade de oxigênio que chega ao cérebro e que pode levar à morte em casos graves. No contexto, a personagem usa a patologia para descrever uma pessoa lenta, pouco inteligente. (N. do T.)

dos rins" e por aí vai. Por alguma estranha razão, Bertha gostava disso, quase admirava esse hábito nele.

Ela foi para a sala de visitas e acendeu o fogo; depois, pegou as almofadas que Mary arrumara com tanto cuidado e, uma a uma, jogou-as de volta nas cadeiras e sofás. Isso fez toda a diferença; a sala se encheu de vida imediatamente. Quando estava para jogar a última almofada, surpreendeu-se abraçando-a contra o corpo, apaixonadamente, apaixonadamente. Mas isso não dissipou o fogo em seu peito. Ah, muito pelo contrário!

As janelas da sala de visitas davam para um balcão com vista para o jardim. Ao fundo, junto do muro, havia uma pereira alta e esguia, no auge da floração; ela erguia-se perfeita, imóvel contra o céu esverdeado. Bertha não podia deixar de notar, mesmo à distância, que não havia um só botão, nem pétalas caídas. Embaixo, nos canteiros carregados de flores, as tulipas vermelhas e amarelas pareciam curvar-se sob a penumbra. Um gato cinzento, arrastando a barriga, rastejava pelo gramado e outro, preto, seguia-lhe como uma sombra. A visão deles, tão veloz e determinada, causou um estranho calafrio em Bertha.

"Que criaturas repulsivas são os gatos!", falou hesitante e, afastando-se da janela, começou a andar inquieta...

Como o cheiro dos narcisos ficava forte na sala quente. Muito forte? Ah, não. E ainda assim, como se estivesse exausta, deitou-se em um sofá apertando os olhos com as mãos.

"Estou tão feliz! Tão feliz!", murmurou.

E parecia ver em suas pálpebras a adorável pereira com suas flores abertas como um símbolo da própria vida.

Realmente, realmente ela tinha tudo. Era jovem. Harry e ela estavam apaixonados como nunca, se davam maravilhosamente bem e eram ótimos companheiros. Tinha um bebê adorável. Não tinham que se preocupar com dinheiro. A casa e o jardim eram perfeitamente adequados. E amigos modernos, excitantes, escritores, pintores e poetas ou pessoas interessadas em questões sociais – exatamente o tipo de amigos que buscavam. E havia ainda os livros e a música, ela encontrara uma modista maravilhosa, eles iriam para o exterior no verão e a nova cozinheira fazia omeletes maravilhosas...

"Como sou ridícula. Ridícula!" Sentou-se; mas sentia-se atordoada, quase embriagada. Deve ter sido a primavera. Sim, era a primavera. Sentia-se tão cansada que nem conseguia se arrastar até o andar de cima para se trocar.

Um vestido branco, um colar de contas de jade, sapatos e meias verdes. Não foi de propósito. Ela pensara nessa combinação horas antes de olhar pela janela da sala de visitas.

As pregas do vestido roçavam suavemente quando entrou no saguão, e ela beijou a sra. Norman Knight, que tirava um casaco laranja divertidíssimo, com uma fileira de macacos pretos em torno da bainha e da lapela.

"Por quê? Por quê? Por que a classe média é tão entediante – sem absolutamente nenhum senso de humor? Minha querida, é por pura sorte que estou aqui – a sorte de Norman ser tão protetor. Porque meus queridos macaquinhos perturbaram de tal forma os outros passageiros no trem que um homem simplesmente me devorou com os olhos.

Não riu, não achou graça no que eu teria adorado. Não, ficou me encarando – e me perturbou durante toda a viagem."

"Mas o pior foi", disse Norman, colocando um monóculo com aro de tartaruga no olho –, não se importa que eu conte, não é, Careta?" (Na casa deles e entre amigos, eles se tratavam por Careta e Bobo.) "O pior foi quando, completamente corada, ela se virou para a mulher ao lado e disse:'Nunca viu um macaco antes?'"

"Ah, sim!", a sra. Norman Knight também riu. "Não foi o máximo?"

E ainda mais engraçado era que agora, sem seu casaco, ela realmente parecia uma macaca muito inteligente – pois havia feito um vestido de seda amarela de cascas de banana. E seus brincos amarelos pareciam duas frutinhas penduradas.

"Que derrocada triste, tão triste!", disse Bobo, parando em frente ao carrinho do bebê. "Quando o carrinho entra pela sala..." E deixou de finalizar a citação[14].

A campainha tocou. Era o esguio e pálido Eddie Warren (como sempre) em um estado de aflição crônica.

"Esta é a casa certa, não é?", suplicou.

"Ah, acho que sim... espero que sim", disse Bertha, animada.

"Tive uma experiência terrível com o taxista; um sujeito muito sinistro. Não conseguia fazê-lo parar. Quanto mais

....

14 Não se sabe ao certo qual a citação a que a autora faz referência, mas *"When the perambulator comes into the hall..."* ilustra a dificuldade de manter um trabalho criativo depois de ter filhos, talvez uma justificativa do fato de ela nunca tê-los desejado. (N. do T.)

eu batia no vidro, mais rápido ele ia. E sob o luar essa figura bizarra com cabeça achatada curvando-se sobre o volante..."

Ele estremeceu, tirando sua echarpe imensa de seda branca. Bertha notou que suas meias eram brancas também – que adorável.

"Mas que horrível!", gritou ela.

"Sim, realmente", disse Eddie, seguindo-a até a sala de visitas. "Me vi levado até a Eternidade por um táxi *infinito*."

Ele conhecia os Norman Knight. Na verdade, ia escrever uma peça para Norman quando os planos do teatro vingassem.

"Então, Warren, como vai a peça?", perguntou Norman Knight, deixando o monóculo cair e dando ao olho espaço antes de atarraxá-lo novamente.

E a sra. Norman Knight: "Ah, sr. Warren, que meias engraçadas!"

"Estou tão feliz que goste delas", disse, olhando para os próprios pés. "Elas parecem ter ficado ainda mais brancas desde que a lua apareceu." E virou seu rosto magro, jovem e tristonho para Bertha. "Há lua hoje, sabia?"

Ela queria gritar: "Tenho certeza que há! Sempre, sempre!"

Com certeza, ele era muito atraente. Mas Careta também era, agachada diante do fogo com suas cascas de banana, e também Bobo, fumando um cigarro e dizendo, enquanto batia as cinzas:

"Por que deve o noivo se atrasar?"

"Ora, aí está ele."

Tum! Foi a porta da frente, que abriu e fechou. Harry gritou:

"Olá, pessoal. Desço em cinco minutos."

E ouviram-no subir as escadas. Bertha não podia deixar de sorrir; ela sabia que ele adorava fazer tudo sob pressão. Afinal, que importavam cinco minutos a mais? Mas ele fingiria para si mesmo que eles eram de extrema importância. E então faria questão de chegar à sala surpreendentemente calmo e contido.

Harry tinha tanto gosto pela vida. Ah, como ela apreciava isso nele. E sua paixão por lutar – por encarar tudo que surgia diante dele como mais um teste do seu poder e coragem –, isso também ela reconhecia. Mesmo quando isso o fazia parecer um pouco ridículo, talvez, às pessoas que não o conheciam bem... Porque havia momentos em que se atirava na frente da batalha sem haver batalha alguma... Ela conversava e ria e até mesmo esquecera, até ele chegar, que Pearl Fulton não tinha aparecido (justamente como imaginara).

"Será que a srta. Fulton se esqueceu?"

"Espero que sim", disse Harry. "Ela tem telefone?"

"Ah! Tem um táxi chegando." E Bertha sorriu com aquele ar de posse que sempre assumia quando suas descobertas femininas eram novas e misteriosas. "Ela vive em táxis."

"Vai acabar gorda se continuar assim", disse Harry friamente, tocando a sineta para o jantar. "Um perigo assustador para mulheres loiras."

"Harry... não", advertiu Bertha, rindo dele.

Outro momento passou enquanto eles esperavam, rindo e conversando, um pouco mais longo do que lhes deixaria ficar à vontade. E então a srta. Fulton, toda de prateado, com uma faixa prateada prendendo seus cabelos loiros muito claros, entrou sorrindo, com a cabeça levemente inclinada.

"Estou atrasada?"

"Não, de forma nenhuma", disse Bertha. "Venha." Tomou seu braço e seguiram até a sala de jantar.

O que havia no toque daquele braço frio que podia atiçar... atiçar... começar a queimar... queimar aquela chama de felicidade com a qual Bertha não sabia lidar?

A srta. Fulton não olhava para ela; mas ela raramente olhava diretamente para as pessoas. Suas pálpebras pesadas cobriam parte dos seus olhos, e um sorriso estranho aparecia e sumia entre seus lábios, como se ela vivesse para ouvir mais do que para ver. Mas, de repente, Bertha compreendeu – como se houvessem trocado o olhar mais longo e íntimo, como se tivessem dito uma à outra "você também?" – que Pearl Fulton, mexendo a bela sopa vermelha no prato cinza, sentia exatamente o que ela sentia.

E os outros? Careta e Bobo, Eddie e Harry, suas colheres levantando e abaixando, roçando os lábios com seus guardanapos, esmigalhando pão, mexendo seus garfos e conversando.

"Eu a conheci no concerto de Alpha – uma pessoa estranhíssima. Ela não apenas tinha cortado os próprios cabelos, mas parecia ter tosado um belo pedaço das pernas, dos braços, do pescoço e do pobre narizinho também."

"Ela não é íntima de Michael Oat?"

"O homem que escreveu *Amor de Dentadura*[15]?"

....

15 *Love in False Teeth*. (N. do T.)

"Ele quer escrever uma peça para mim. Um ato. Um homem. Decide cometer suicídio. Dá todas as razões por que deveria e não deveria fazê-lo. E, assim que ele toma uma decisão a favor ou contra, cai o pano. Não é má ideia."

"Como ele vai chamar a peça? Problemas de Estômago?"

*"*Acho que já vi a mesma ideia em uma revista francesa, meio desconhecida na Inglaterra.*"*

Não, eles não sentiam o mesmo. Eram queridos – queridíssimos – e ela amava recebê-los em sua casa e oferecer-lhes vinho e comida deliciosos. Na verdade, ela ansiava em dizer-lhes como eram encantadores, e que grupo atraente era, como pareciam incentivar uns aos outros e como lhe faziam lembrar uma peça de Tchekhov!

Harry apreciava seu jantar. Era parte de sua – bem, não exatamente da sua natureza e certamente não da sua pretensão – sua sabe-se lá o quê – falar sobre comida e gabar-se de sua "paixão descarada pela carne branca da lagosta" e "do verde dos sorvetes de pistache – verdes e frios como as pálpebras das dançarinas egípcias".

Quando ele olhou para ela e disse: "Bertha, esse suflê está admirável!", ela quase poderia chorar de prazer, um prazer quase infantil.

Ah, por que ela sentia tanto afeto pelo mundo esta noite? Tudo estava ótimo – e correto. Tudo parecia transbordar novamente sua taça de felicidade.

E mesmo assim, no fundo da sua mente, lá estava a pereira.

Devia estar prateada agora, à luz da lua do pobre Eddie querido, prateada como a srta. Fulton, sentada ali girando uma tangerina com seus dedos tão finos, pálidos que pareciam emitir luz.

O que ela simplesmente não conseguia entender – algo inesperado – era como ela fora capaz de prever o humor da srta. Fulton de maneira tão precisa e imediata. Porque ela nunca duvidou nem por um instante que estava certa e, ainda assim, o que a faria continuar? Praticamente nada.

"Acredito que isso acontece muito, muito raramente entre mulheres. Nunca entre homens", pensou Bertha. "Mas, enquanto eu estiver fazendo café na sala de visitas, talvez ela me 'dê um sinal'."

O que queria dizer com isso ela não sabia, e o que aconteceria depois ela não podia imaginar.

Enquanto pensava, via-se falando e rindo. Era obrigada a falar por causa de seu desejo de rir.

"Tenho que rir ou morro."

Mas quando ela percebeu que Careta tinha a mania de enfiar algo dentro do decote – como se tivesse uma reserva secreta de nozes dentro da roupa – Bertha precisou enfiar as unhas nas palmas das mãos – assim não riria tanto.

Finalmente acabara. E: "Venha ver minha nova cafeteira", disse Bertha.

"Nós só temos uma cafeteira nova a cada quinze dias", disse Harry. Careta tomou o braço de Bertha; a srta. Fulton inclinou a cabeça e as seguiu.

Na sala de visitas, o fogo tornou-se um "ninho de bebês de fênix vermelho-cintilante", disse Careta.

"Não reacenda a luz por um momento. Está tão adorável." E agachou-se junto ao fogo novamente. Ela sentia frio todo o tempo "sem seu casaquinho de flanela vermelha, claro", pensou Bertha.

Nesse momento a srta. Fulton "deu o sinal".

"Você tem um jardim?", perguntou a voz fria e sonolenta. Isso foi tão elegante da parte dela que tudo que Bertha pôde fazer foi obedecer. Ela cruzou a sala, puxou as cortinas e abriu as janelas compridas.

"Aí está!", suspirou.

E as duas mulheres ficaram lado a lado olhando a esguia árvore florida. Apesar de estar parada, parecia alongar-se como a chama de uma vela, esticando-se, apontando, tremendo no ar puro, crescendo mais e mais enquanto elas a contemplavam – como se fosse tocar a borda da lua redonda e prateada.

Por quanto tempo ficaram ali paradas? Ambas como capturadas pelo círculo de luz sobrenatural, compreendendo-se perfeitamente, criaturas de um outro mundo, imaginando o que fariam com toda essa felicidade que queimava em seus peitos e jorrava, como flores prateadas, de seus cabelos e de suas mãos.

Para sempre... por um momento? E a srta. Fulton murmurou: "Sim. É isso". Ou Bertha teria sonhado?

Então reanimaram o fogo, Careta fez o café e Harry disse: "Minha querida sra. Knight, não me pergunte sobre o bebê. Eu nunca a vejo. Não terei o mínimo interesse por ela até que ela tenha um amante".

Bobo tirou seus olhos do solário por um momento e colocou seu monóculo mais uma vez, e Eddie Warren tomou seu café e largou a xícara como se houvesse bebido e visto uma aranha.

"O que quero fazer é oferecer um espetáculo aos jovens. Acredito que Londres está fervilhando de peças de primeira por escrever. O que quero lhes dizer é 'Isso é teatro. Vão em frente.'"

"Sabe, minha querida, vou decorar uma sala para Jacob Nathans. Ah, estou tão tentada a usar como tema as lojas de peixe com fritas[16], com o espaldar das cadeiras imitando frigideiras e lindas batatas fritas bordadas nas cortinas."

"O problema com nossos jovens escritores é que eles ainda são muito românticos. Você não pode ir para alto-mar sem ficar enjoado e precisar de uma bacia. Então, por que eles não têm a coragem dessas bacias?"

"Um poema horrível sobre uma garota violentada por um mendigo sem nariz em um bosque..."

A srta. Fulton afundou na poltrona mais baixa e macia, e Harry passou os cigarros.

Pela forma como ele parou diante dela balançando a caixa de prata dizendo bruscamente: "Egípcios? Turcos? Da Virgínia? Estão todos misturados", Bertha percebeu que ela não só o entediava; ele realmente não gostava dela. E, pela maneira como a srta. Fulton disse: "Não, obrigada, não vou fumar", ela também percebera e ficou magoada.

"Ah, Harry, não a odeie. Você está enganado a respeito

---

16 *Fish&Chips*, lanchonetes populares em Londres, cujo prato principal é, justamente, batatas com lascas de peixe fritas. (N. do T.)

dela. Ela é maravilhosa, maravilhosa. Além disso, como pode se sentir de uma maneira tão diferente a respeito de alguém que significa tanto para mim? Vou tentar lhe dizer o que tem acontecido quando estivermos na cama hoje à noite. O que nós compartilhamos."

E com essas últimas palavras, algo estranho e quase aterrorizante passou pela mente de Bertha. E sussurrou-lhe de forma cega e sorridente: "Em breve essas pessoas partirão. A casa ficará silenciosa... silenciosa. As luzes se apagarão. E você e ele ficarão sozinhos no quarto escuro... a cama quente...

Ela levantou-se rápido da cadeira e correu para o piano.

"Que pena que ninguém toque!", lamentou. "Que pena que ninguém toque."

Pela primeira vez na vida, Bertha Young desejou seu marido.

Ah, ela o amara – ela se apaixonara por ele, claro, de todas as formas, mas não daquela maneira. E é claro que, do mesmo modo, compreendeu que ele era diferente. Falaram sobre isso tantas vezes. Inicialmente ficara extremamente preocupada que fosse tão fria, mas depois de um tempo isso não parecia importar. Eram tão sinceros um com o outro – tão bons companheiros. Isso era o melhor de ser moderno.

Mas agora! Ardentemente! Ardentemente! A palavra doía em seu corpo ardente! Era a isso que aquela sensação de felicidade a conduziria? Mas então, então...

"Minha querida", disse a sra. Norman Knight, "sabemos que é uma desfeita. Mas somos vítimas do tempo e do trem. Moramos em Hampstead. Foi tudo maravilhoso."

"Acompanho vocês até o saguão", disse Bertha. "Adorei recebê-los. Mas não podem perder o último trem. É terrível, não é?"

"Que tal um uísque antes de ir, Knight?", ofereceu Harry.

"Não, obrigado, meu velho."

Bertha apertou ainda mais a mão dele por esse gesto.

"Boa noite, adeus", gritou do último degrau, sentindo que seu eu estava despedindo-se deles para sempre. Quando voltou à sala de visitas, os outros se preparavam para sair.

"...Então podemos dividir um táxi até parte do trajeto."

"Ficaria muito agradecido por não ter que enfrentar outra corrida sozinho depois da minha terrível experiência."

"Vocês podem pegar um táxi no ponto logo no final da rua. Só terão que andar alguns metros."

"Que conveniente. Vou pegar meu casaco."

A srta. Fulton dirigiu-se até o saguão, e Bertha a seguiu até que Harry quase a empurrou para passar.

"Deixe-me ajudá-la."

Bertha sabia que ele estava arrependido de sua grosseria – deixou-o ir. Como era infantil em alguns aspectos. Tão impulsivo, tão... simples. E Eddie e ela ficaram a sós perto da lareira.

"Já chegou a ver o novo poema de Bilks chamado *Table d'Hôte*[17]", perguntou Eddie atenciosamente.

---

17 Em francês, literalmente, "mesa do convidado". Expressão usada em restaurantes para itens do menu servidos em conjunto, com preço fixo e válido em horários específicos. (N. do T.)

"É maravilhoso. De sua última antologia. Tem um exemplar? Adoraria mostrar-lhe. Começa com um verso incrivelmente bonito: 'Por que sempre sopa de tomate?'"

"Sim", disse Bertha. E foi silenciosamente até a mesa oposta à porta da sala de visitas, e Eddie deslizou logo atrás dela sem fazer barulho. Pegou o livrinho e passou para ele; não emitiram ruído algum.

Enquanto ele procurava o poema, ela virou a cabeça para o saguão. E ela viu... Harry com o casaco da srta. Fulton em seus braços e a srta. Fulton de costas para ele com a cabeça inclinada. Ele jogou o casaco para o lado, colocou as mãos nos ombros dela e a puxou violentamente para si. Seus lábios disseram: "Te adoro", e a srta. Fulton pousou os dedos de luar em seu rosto e deu seu sorriso sonolento.

As narinas de Harry tremeram e seus lábios se curvaram em um sorriso horroroso enquanto sussurrava: "Amanhã", e com suas pálpebras a srta. Fulton disse: "Sim".

"Aqui está", disse Eddie. "Por que sempre sopa de tomate? É tão verdadeiro, não acha? Sopa de tomate é tão terrivelmente eterna."

"Se preferir", disse a voz de Harry, muito alta, do saguão, "posso pedir para um táxi vir aqui."

"Ah, não. Não é necessário", disse a srta. Fulton e veio até Bertha, estendendo-lhe os dedos finos.

"Adeus. Muito obrigada."

"Adeus", disse Bertha.

A srta. Fulton segurou sua mão por um momento a mais.

"Sua adorável pereira!", murmurou.

E então partiu, com Eddie logo atrás, como o gato preto seguindo o gato cinzento.

"Vou me retirar", disse Harry, surpreendentemente calmo e contido.

"Sua adorável pereira... Pereira! Pereira[18]!

Bertha simplesmente correu até as janelas compridas.

"Ah, o que vai acontecer agora?", gritou.

Mas a pereira continuava adorável, repleta de flores e imóvel como sempre.

---

18 No original, "pereira" (*pear tree*) tem quase a mesma sonoridade que *pair three*, par de três, trisal. (N. do T.)

O VENTO SOPRA

De repente, ela acorda – de uma maneira terrível. O que aconteceu? Algo apavorante aconteceu. Não... nada aconteceu. É apenas o vento balançando a casa, chacoalhando as janelas, batendo um pedaço de ferro no telhado e fazendo sua cama tremer. Folhas cruzam a janela em revoada, rumo ao céu; na alameda lá embaixo um jornal dança no ar como uma pipa perdida e cai, espetado em um pinheiro. Faz frio. O verão acabou – chegou o outono –, tudo está feio. As charretes passam barulhentas, sacudindo de um lado para o outro; dois chineses equilibram sobre os ombros um sarrafo de madeira com dois cestos repletos de vegetais – suas tranças e blusas azuis oscilando ao sabor do vento. Um cachorro branco com três pernas uiva além do portão. Está tudo acabado! O quê? Ah, tudo! E ela começa a trançar seu cabelo com os dedos tremendo, sem ousar olhar para o espelho. A mãe está falando com a avó no saguão.

"Que perfeita idiota! Quem deixa qualquer coisa no varal

com um tempo desses... Ah, minha melhor toalhinha de crochê foi feita inteira com laços. Que cheiro maravilhoso é esse? É o mingau queimando! Ó, céus! Esse vento!"

Ela tem aula de música às dez horas. Só de pensar nisso, o movimento em tom menor de Beethoven começa a tocar na sua mente, os vibratos longos e arrepiantes como rufar de tambores... Marie Swainson corre até o jardim da casa ao lado para colher os "crisantes", antes que fiquem destruídos. Sua saia voa acima da cintura; ela tenta abaixá-la, prendendo-a entre as pernas enquanto se inclina, mas de nada adianta – lá vai ela de novo. Todas as árvores e arbustos se contorcem em volta dela. Ela apanha as flores o mais rápido que pode mas está muito distraída. Nem se importa com o que está fazendo – finca o pé no chão e puxa as plantas pelas raízes, dobrando-as, torcendo-as e praguejando.

"Pelo amor de Deus, deixe a porta da frente fechada! Entre pelos fundos", grita alguém.

E então ela ouve Bogey:

"Mãe, estão chamando a senhora ao telefone. Telefone, mãe. É o açougueiro."

Como a vida é horrível! Revoltante, simplesmente revoltante... E agora o elástico do seu chapéu arrebentou. Claro que sim. Ela vai usar sua velha boina e sair pelos fundos. Mas a mãe já a viu.

"Matilda. Matilda. Volte aqui a-go-ra! Que diabos você tem na cabeça? Parece uma capa de chaleira. E o que é esse cacho de cabelos na sua testa?"

"Não posso voltar, mãe. Vou me atrasar para minha aula."

"Volte aqui imediatamente!"

Ela não voltará. Não voltará. Ela odeia a mãe. "Vá para o inferno", grita, correndo pela rua.

Ondas, nuvens, redemoinhos de terra a golpeiam com força e, com a terra, pedaços de galhos, cascas e estrume. Um rugido ensurdecedor vem das árvores nos jardins e, parada no fim da rua em frente ao portão do sr. Bullen, ela pode ouvir o lamento do mar: "Ah!... ah!... ah!" Mas a sala de visitas do sr. Bullen está silenciosa como uma caverna. As janelas estão fechadas, as persianas puxadas até a metade, e ela não está atrasada. A "garota antes dela" acabou de começar a tocar *Para um Iceberg*[19], *de MacDowell. O sr. Bullen olha para ela e dá um sorriso tímido.*

"*Sente-se*", disse. "*Sente lá no sofá do canto, mocinha.*"

Ele é tão engraçado. Não chega a rir de você... mas tem algo... Ah, como está calmo aqui. Ela gosta desta sala. Ela cheira a sarja e fumo mofado e crisântemos... Há um grande vaso deles no suporte da lareira, logo atrás da fotografia de Rubinstein... À mon ami Robert Bullen[20]*... Sobre o vistoso piano negro penduraram Solidão – uma trágica mulher sombria vestida de branco, sentada sobre uma rocha com os joelhos cruzados, apoiando o queixo nas mãos.*

"Não, não!", diz o sr. Bullen e inclina-se sobre a outra garota, põe os braços por cima dos ombros dela e toca a passagem para ela. Que estúpida – ela está vermelha! Que ridícula!

---

19 O verdadeiro nome da obra mencionada é *To the Sea; from a Wandering Iceberg, Para o mar; de um iceberg errante.* (N. do T.)

20 "A meu amigo Robert Bullen", em francês. (N. do T.)

Agora a "garota antes dela" foi embora; a porta da frente bate. O sr. Bullen volta e anda para um lado e para o outro, suavemente, esperando por ela. Que coisa extraordinária. Seus dedos tremem tanto que ela não consegue desfazer o nó da sua pasta de música. É o vento...

E seu coração bate tão forte que ela sente que sua blusa levanta e abaixa. O sr. Bullen não diz uma palavra. A velha banqueta vermelha é comprida o bastante para duas pessoas. O sr. Bullen senta ao lado dela.

"Devo começar com as escalas?", pergunta ela, apertando as mãos uma contra a outra. "Tenho alguns arpejos também."

Mas ele não responde. Ela acha que ele nem a ouve...

E, de repente, ele estende sua mão jovial com o anel e abre Beethoven.

"Vamos começar com um pouco do velho mestre", diz.

Mas por que ele fala de forma tão gentil – tão terrivelmente gentil – como se eles se conhecessem há anos e anos e soubessem tudo um do outro?

Ele vira a página devagar. Ela olha a mão dele – uma mão linda que sempre parece ter sido acabada de lavar.

"Aqui estamos", diz o sr. Bullen.

Ah, essa voz amável – ah, o movimento em tom menor. Lá vêm os tambores...

"Devo repetir?"

"Sim, filhinha."

Sua voz é muito, muito amável. As semínimas e colcheias dançam para cima e para baixo da pauta como criancinhas negras em uma cerca. Por que ele é tão... Ela não vai chorar – não há razão para chorar...

"O que foi, filhinha?"

O sr. Bullen toma suas mãos. O ombro dele está ali – bem ao lado da sua cabeça. Ela se apoia nele de leve, sua bochecha contra o casaco macio dele.

"Como a vida é horrível", ela murmura, mas não a sente nem um pouco horrível. Ele diz algo sobre "esperar" e "dar tempo ao tempo" e "tão especial, uma mulher", mas ela não ouve. É tão confortável... para sempre...

Subitamente a porta abre, e Marie Swainson entra, horas antes da sua aula.

"Toque o *allegretto* um pouco mais rápido", diz o sr. Bullen, levantando-se e começando a andar de um lado para o outro de novo.

"Sente-se no sofá do canto, mocinha", diz para Marie.

O vento, o vento. É assustador estar aqui no seu quarto sozinha. A cama, o espelho, a jarra branca e a bacia brilham como o céu lá fora. É a cama que é horripilante. Lá está ela, a sono solto... Será que a mãe faz ideia que ela vai costurar todas aquelas meias embaraçadas na colcha como um rolo de cobras? Não, não faz. Não, mãe. Eu não vejo porque deveria... O vento! O vento! Um cheiro estranho de fuligem vem da lareira. Ninguém escreveu poemas para o vento?... "Trago flores novas para as folhas e chuvas..." Que bobagem.

"É você, Bogey?"

"Vamos dar um passeio até a enseada, Matilda. Não suporto mais isso aqui."

"Vamos! Vou colocar minha jaqueta. Não está um dia terrível?" A jaqueta de Bogey era igualzinha à dela. Fechando o colarinho, ela se olha no espelho. Seu rosto é pálido, eles têm os mesmos olhos agitados e lábios atraentes. Ah, eles conhecem esses dois no espelho. Adeus, queridos; estaremos de volta logo.

"Melhor assim, não é?"
"Segure-se", Bogey diz.

Eles não conseguem andar rápido o bastante. Com as cabeças curvadas, as pernas quase encostando, eles dão passos largos como uma pessoa ansiosa através da cidade, ziguezagueando pelo asfalto onde a erva-doce cresce sem controle, até a enseada. Está escuro, começando a ficar escuro. O vento é tão forte que eles têm que se esforçar para atravessá-lo, cambaleando como dois velhos bêbados. Coitadinhas das árvores de fogo[21], curvadas até o chão.

"Vamos! Vamos! Vamos mais perto."

A maré está bem alta perto do dique. Eles tiram seu chapéu, e seus cabelos voam para a boca, com gosto de sal. O mar está tão alto que as ondas nem sequer quebram, batem forte contra a murada de pedra e ensopam os degraus cheios de limo. Um jato d'água fino paira sobre a enseada. Eles ficam encharcados; sentem o gosto do frio e da umidade.

A voz de Bogey está mudando. Quando ele fala, percorre todos os tons da escala musical. É engraçado – faz dar

---

21 Árvores de fogo ou, no original, *pahutukawas*, são árvores típicas da Nova Zelândia. Elas têm folhas com um tom vermelho-vivo, usadas como árvore de Natal pelos nativos. (N. do T.)

boas risadas – e ainda assim parece fazer parte do dia. O vento carrega suas vozes, as frases voam como fitinhas estreitas.

"Mais rápido! Mais rápido!"

Está ficando muito escuro. No cais, os barcos a vapor exibem duas luzes – uma no alto do mastro e outra na popa.

"Olhe, Bogey. Olhe ali."

Um grande navio a vapor preto soltando uma longa coluna de fumaça, com as escotilhas acesas e luz para todo lado, zarpava. O vento não o detém; ele rompe as ondas, indo em direção ao portão aberto entre as duas rochas que levam a... É a luz que faz com que ele pareça tão terrivelmente bonito e misterioso... Eles estão a bordo, debruçados no gradil, de braços dados.

"...Quem são eles?"

"...Irmãos."

"Olhe, Bogey, lá está a cidade. Ela não parece pequena? Lá está o relógio do correio batendo pela última vez. E ali, a enseada por onde andamos naquele dia com tanto vento. Lembra-se? Eu chorei na minha aula de música aquele dia – há quantos anos! Adeus, ilhinha, adeus..."

Agora o escuro estende uma asa sobre as águas turbulentas. Eles não podem mais ver aqueles dois. Adeus, adeus. Não se esqueçam... Mas o navio já sumiu.

O vento! O vento.

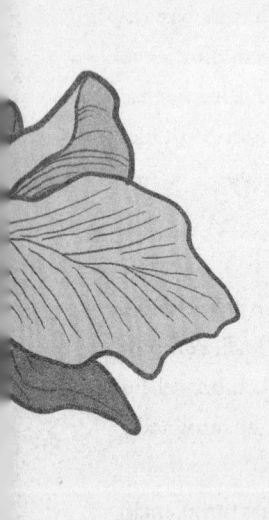

PSICOLOGIA

Quando ela abriu a porta e o viu ali em pé, sentiu-se mais feliz do que nunca, e ele também parecia muito, muito contente por ter vindo quando a seguiu pelo estúdio.

"Muito ocupada?"

"Não. Estava indo fazer chá."

"E não está esperando ninguém?"

"Absolutamente ninguém."

"Ah! Que bom."

Largou o casaco e o chapéu gentilmente, lentamente, como se tivesse tempo de sobra para qualquer coisa ou como se nunca mais os fosse ver, foi até o fogo e estendeu as mãos para as chamas trêmulas.

Por um breve momento ambos ficaram em silêncio na luz oscilante. Praticamente imóveis, saborearam em seus lábios sorridentes a emoção de sua acolhida. Seus eus secretos sussurraram:

"Por que deveríamos falar? Isso não é suficiente?"

"Mais que suficiente. Nunca tinha percebido até este momento..."

"Como é bom simplesmente estar com você..."

"Assim..."

"É mais que suficiente."

Mas de repente ele se virou e olhou para ela, e ela se afastou rapidamente.

"Tem um cigarro? Vou colocar a água para ferver. Ansioso pelo chá?"

"Não. Ansioso, não."

"Bom, eu estou."

"Ah, você." Ele afofou a almofada e atirou-se no divã. "Você é uma perfeita chinesinha."

"Sim, eu sou", ela riu. "Desejo chá como homens fortes desejam vinho."

Ela acendeu o abajur com a grande cúpula laranja, abriu as cortinas e puxou a mesinha de chá. Dois pássaros cantavam na chaleira; o fogo crepitava. Ela sentou-se, abraçando os joelhos. Era adorável – esse negócio de tomar chá – e ela sempre tinha coisas deliciosas para comer – sanduichinhos saborosos, biscoitinhos amendoados e um bolo escuro suntuoso que tinha gosto de rum –, mas tudo isso era uma distração. Ele queria que tudo acabasse logo, a mesa posta de lado, suas duas cadeiras perto da luz, e o momento chegou quando ele pegou seu cachimbo, começou a enchê-lo e disse, pressionando o tabaco no fornilho: "Estive pensando no que você disse na última vez e me parece..."

Sim, era por esse momento que ele esperava, e ela também. Sim, enquanto ela balançava a chaleira quente e seca sobre a espiriteira, viu esses outros dois; ele, reclinando-se à vontade sobre as almofadas, e ela, enroscando-se como um caracol na poltrona azul. A cena era tão clara e tão banal que poderia ter sido pintada na tampa da chaleira azul. E mesmo assim ela não poderia se apressar. Ela poderia até ter gritado: "Dê-me tempo". Ela tem que ter tempo para se acalmar. Ela queria tempo para se libertar de todas as coisas familiares com as quais vivia tão intensamente. Porque todas essas coisas felizes ao seu redor eram parte dela – sua identidade – e eles sabiam disso e fizeram os pedidos mais impetuosos e sérios. Mas agora eles precisam ir. Precisam ser enxotados, afugentados – como crianças, enviadas para o alto das escadas sombrias, embrulhadas na cama e obrigadas a dormir... no mesmo momento e sem um pio!

Porque o que havia de especialmente excitante na amizade deles era sua completa rendição. Como duas cidades abertas no meio de uma vasta planície, a mente deles se abria uma à outra. E não era como se ele invadisse a mente dela como um conquistador, armado até os dentes, vendo somente um palpitar feliz e suave – nem ela entrava na mente dele como uma rainha caminhando suavemente sobre pétalas. Não, eles eram trabalhadores sérios e ávidos, absortos em compreender o que estava à vista e descobrir o que estava escondido, aproveitando ao máximo a sorte extraordinária que lhe tornara possível ser totalmente verdadeiro com ela e, a ela, ser totalmente sincera com ele.

E o melhor é que eram velhos o bastante para usufruir de sua aventura por inteiro sem nenhuma estúpida complicação emocional. Paixão teria arruinado tudo; eles viam isso. Além disso, esse tipo de coisa estava acabado para ambos – ele tinha trinta e um anos; ela, trinta. Eles já haviam tido suas experiências, ricas e variadas, mas agora era o tempo da colheita... colheita. Seus romances não eram considerados grandes romances? E as peças dela. Quem além dela teria melhor percepção de uma verdadeira comédia inglesa?...

Cuidadosamente ela cortou o bolo em fatias grossas e ele se esticou para pegar uma.

"Sinta como é gostoso", rogou ela. "Coma-o com imaginação. Se conseguir, vire os olhos e sinta o sabor na sua respiração. Não é um lanche do Chapeleiro Louco – é o tipo de bolo que poderia ter sido mencionado no livro de *Gênesis*... E Deus disse: 'E faça-se o bolo. E fez-se o bolo. E Deus viu que o bolo era bom.'"

"Você não precisa nem me pedir", disse ele. "De verdade, não precisa. É estranho, mas eu sempre presto atenção ao que como aqui, ao contrário de outros lugares. Acho que é por viver sozinho e ler enquanto como. Meu hábito de ver comida como apenas comida... Algo que simplesmente está ali, às vezes... para ser comido... para deixar de estar ali", riu. "Isso lhe surpreende. Não é?"

"Extremamente", disse ela.

"Mas – olhe só." Afastou sua xícara e começou a falar muito rápido. "Simplesmente não tenho vida fora de casa. Não sei minimamente os nomes das coisas – árvores e coisas assim – e nunca presto atenção em lugares ou mobília ou em como as pessoas se parecem. Uma sala é como qualquer outra para mim – um lugar para sentar e ler ou conversar –, exceto...", e ele pausou, sorriu de uma forma ingênua e disse "...exceto neste estúdio." Olhou à volta de si e depois para ela; e riu de sua perplexidade e prazer. Parecia um homem que acorda em um trem e se dá conta de que já chegou ao fim da jornada.

"E ainda há outra coisa insólita. Se fecho meus olhos, consigo visualizar este lugar com cada detalhe – cada detalhe... Agora que parei para pensar nisso – nunca percebera antes, conscientemente. Muitas vezes, quando estou longe daqui, venho visitar em espírito – passeio pelas cadeiras vermelhas, fixo o olhar na fruteira sobre a mesa preta e toco de leve essa escultura impressionante do menino dormindo."

Olhou para a escultura enquanto falava. Ficava no canto da estante da lareira; a cabeça pendente para um lado, os lábios entreabertos, como se o menininho ouvisse uma doce melodia no sonho...

"Adoro esse menininho", sussurrou ele. E então ambos ficaram em silêncio.

Um novo silêncio se abateu entre eles. Nada parecido com a pausa adequada que seguira sua acolhida – aquele "bem, aqui estamos juntos de novo, e não há nenhuma razão para não continuar de onde paramos na última vez". Aquele silêncio poderia ser contido no círculo agradável e acolhedor da lareira e da lâmpada. Quantas vezes não tinham jogado algo nele só pelo prazer de olhar as ondas quebrando na costa? Mas nessa poça desconhecida a cabeça do menininho dormindo seu sono infinito desabou, e as ondas foram para longe, muitíssimo longe, para uma impressionante e profunda escuridão.

E então ambos quebraram o silêncio. Ela disse: "Preciso reavivar o fogo", e ele disse: "Venho tentando um novo..." Ambos escaparam. Ela reavivou o fogo e colocou a mesa de volta no lugar, a cadeira azul foi empurrada, ela se enroscou novamente e ele se reclinou sobre as almofadas. Rápido! Rápido! Eles precisavam impedir que acontecesse novamente.

"Bom, eu li o livro que você deixou na última vez."

"Ah, o que achou dele?"

Eles retomaram e tudo voltara ao habitual. Será? Não estavam sendo rápidos demais, muito ágeis em suas respostas, muito dispostos em aceitar um ao outro? Não era tudo isso apenas uma imitação incrivelmente boa de situações anteriores? O coração dele batia; a face dela enrubescia e o que era estúpido é que ela não conseguia entender exatamente onde estavam ou o que faziam. Ela não tinha tempo de olhar para trás. E, assim que ela ia além, acontecia de novo. Eles vacilavam, hesitavam, fracassavam, ficavam em silêncio. E, de novo, tinham consciência da escuridão ilimitada e crítica. De novo, lá estavam eles – dois caçadores, debruçados sobre o fogo, ouvindo subitamente o rumor do vento e um grito alto e questionador, além da floresta.

Ela levantou a cabeça. "Está chovendo", sussurrou. E sua voz era como a dele quando dissera: "Adoro esse menininho".

Bom. Por que eles não se dão por vencidos pelo silêncio – por que não cedem – e veem o que acontecerá depois? Mas não. Por mais vazios e perturbados que estivessem, eles sabiam o bastante para compreender que sua preciosa amizade estava em perigo. Era ela quem seria destruída – não eles – e eles não seriam parte disso.

Ele levantou-se, apagou o cachimbo, passou a mão pelos

cabelos e disse: "Ultimamente, tenho me preocupado bastante se o romance do futuro será um romance psicológico ou não. Você tem absoluta certeza que a psicologia, enquanto psicologia, tem algo a ver com literatura?"

"Então você acha que há grandes chances de que essas misteriosas e inexistentes criaturas – os jovens escritores de hoje – estejam apenas se aproveitando das alegações da psicanálise?"

"Sim, eu acho. E acho que é porque essa geração é esperta o bastante para saber que é doente e perceber que sua única chance de cura é através de seus sintomas – fazendo um exaustivo estudo sobre eles, perseguindo-os, tentando chegar à raiz do problema."

"Mas, ah", lamentou ela. "Que perspectiva terrivelmente sombria."

"De forma nenhuma", disse ele. "Veja bem..." E a conversa fluiu. E agora parecia que eles realmente haviam triunfado. Ela virou-se na cadeira para olhar para ele enquanto respondia. Seu sorriso dizia: "Nós vencemos". E ele sorriu de volta, confiante: "Com certeza".

Mas o sorriso foi sua derrocada. Durou demais; tornou-se uma careta. Viram-se como duas pequenas marionetes sorridentes saltitando pelo nada.

"Sobre o que estávamos falando?", pensou ele. Estava tão entediado que quase suspirou.

"Que espetáculo temos feito", pensou ela. E o viu com muito esforço – ah, muito esforço – preparando o terreno, e ela atrás, colocando uma árvore aqui e um arbusto ali e logo além um punhado de peixes cintilantes em um lago. Desta vez, ficaram em silêncio por puro desânimo.

O relógio deu seis pequenos silvos metálicos e o fogo tremulou levemente. Como eram tolos – pesados, indigestos, velhacos –, com mentes decididamente abarrotadas.

E agora o silêncio enfeitiçou-os como uma música cerimoniosa. Era angústia genuína – demais para ela suportar e ele morreria... ele morreria se fosse rompida... E ainda assim ansiava por rompê-la... Não com palavras. De qualquer forma, não com a tagarelice enlouquecedora habitual deles. Havia outra maneira de falar um com o outro e, nessa nova maneira, ele queria sussurrar: "Você também se sente assim? Você entende?..."

Em vez disso, para seu horror, ele se ouviu dizer: "Preciso ir embora; vou me encontrar com Brand às seis".

Que diabos o fez falar isso em vez daquilo? Ele pulou – literalmente pulou da sua cadeira – e ele a ouviu exclamando: "Então você precisa se apressar. Ele é tão pontual. Por que não me disse antes?"

"Você me magoou! Você me magoou! Nós fracassamos!", disse o eu secreto dela enquanto lhe entregava o chapéu e a bengala, sorrindo alegremente. Ela não lhe daria nem um instante para outra palavra, apressou-se pelo corredor e abriu a porta externa.

Poderiam deixar-se assim? Como conseguiriam? Ele parou no degrau e ela, dentro do estúdio, ficou segurando a porta. Não chovia mais.

"Você me magoou! Você me magoou", disse o coração

dela. "Por que não vai embora? Não, não vá. Fique. Não, vá!" E olhou para fora, para a noite.

Ela viu o belo declive dos degraus, o jardim escuro repleto de heras reluzentes, do outro lado da rua os imensos chorões secos e acima deles o vasto céu resplandecente de estrelas. Mas claro que ele não via nada disso. Ele estava acima de tudo. Ele, com sua deslumbrante visão espiritual!

Ela estava certa. Ele não via absolutamente nada. Que tristeza! Ele perdera tudo. Era tarde demais para fazer qualquer coisa agora. Era tarde demais? Sim, era. Uma rajada odiosa de vento gelado soprou sobre o jardim. Maldita vida! Ela se ouviu dizer *au revoir* e a porta bateu.

De volta ao estúdio, começou a se comportar de maneira muito estranha. Correu para todo lado levantando os braços e gritando: "Ah! Ah! Que estúpida! Que imbecil! Que estúpida!" E então jogou-se no divã pensando em nada — apenas deitada com sua raiva. Tudo acabado. O que estava acabado? Ah — algo estava. Ela nunca mais o veria de novo — nunca. Depois de um longo tempo (ou talvez dez minutos) passados naquele abismo negro, a campainha soltou um tinido rápido e agudo. Era ele, obviamente. E da mesma forma, obviamente, ela deveria não ter prestado a mínima atenção e deixado a campainha tocar e tocar. Ela correu para atender.

Na entrada, lá estava o passado inocente, uma criatura patética que simplesmente a idolatrava (Deus sabe lá o porquê) e tinha esse costume de aparecer, tocar a campainha e depois dizer, quando ela abria a porta: "Minha querida, mande-me embora!" Ela nunca mandava. Como sempre, ela a deixava entrar — de maneira extremamente polida — e a deixava admirar tudo e aceitava o punhado de flores com aparência levemente suja. Mas hoje...

"Ah, me perdoe", lamentou ela. "Mas tenho companhia. Estamos trabalhando em algumas gravuras. Estou irremediavelmente ocupada toda a noite."

"Tanto faz. Realmente tanto faz, querida", disse a boa amiga. "Estava passando e pensei em deixar-lhe algumas violetas." Vasculhou por entre as varetas de um velho guarda-chuva. "Eu as coloquei aqui. Que ótimo lugar para abrigar as flores do vento. Aqui estão", disse ela, balançando um punhado de flores murchas.

Por um momento, ela não pegou as violetas. Mas enquanto segurava a porta, de dentro do estúdio, algo estranho aconteceu... De novo, ela viu o belo declive dos degraus, o jardim escuro repleto de heras reluzentes, os chorões, o vasto céu resplandecente de estrelas. De novo sentiu o silêncio que parecia uma interrogação. Mas dessa vez não hesitou. Foi em frente. Suave e gentilmente, como se receosa de fazer uma onda naquele lago de quietude, ela envolveu sua amiga em seus braços.

"Minha querida", murmurou sua amiga, feliz, comovida por essa gratidão. "Não são nada, na verdade. Só um punhado de violetas das mais simples e baratas."

Mas enquanto falava, ela foi envolta. De maneira mais carinhosa, mais bela, segura por uma pressão tão doce e tão demorada que a mente da pobrezinha começou a girar e ela só teve forças para gaguejar: "Então não incomodo você tanto assim?"

"Boa noite, minha amiga", sussurrou a outra.

"Volte em breve."

"Ah, voltarei. Voltarei."

Desta vez, ela voltou ao estúdio devagar e, de pé no meio da sala com os olhos semicerrados, sentiu-se tão leve, tão descansada, como se tivesse acordado de um sono infantil. Até mesmo respirar era um prazer...

O divã estava desarrumado. Todas as poltronas – como montanhas furiosas– , como ela costumava dizer; colocou-as em ordem antes de dirigir-se à escrivaninha.

"Tenho pensado na nossa conversa sobre o romance psicológico", escreveu, "realmente é intensamente interessante..." E por aí vai.

No final, escreveu: "Boa noite, minha amiga. Volte em breve."

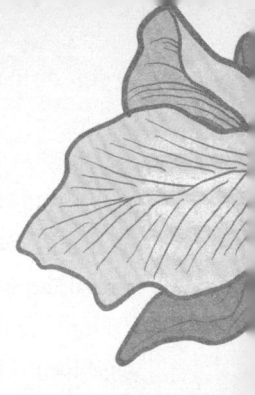

CENAS

Oito da manhã. A srta. Ada Moss está encostada na cabeceira de ferro da cama, olhando para o teto. Seu quarto, típico apartamento sob o telhado de Bloomsbury[22], cheirava a fuligem, pó de arroz e ao embrulho de batatas fritas que ela trouxe para o jantar na noite anterior.

"Ó, Deus", pensou a srta. Moss, estou com tanto frio. Me pergunto por que sempre acordo com tanto frio de manhã ultimamente. Meus joelhos, pés e costas — especialmente minhas costas — parecem uma placa de gelo. E eu costumava ser tão quente antigamente. Não que eu fosse magra — continuo com a mesma aparência cheinha de antes. Não, deve ser porque não como um jantar quentinho durante a noite."

Um cortejo de jantares quentinhos passou pelo teto, cada um acompanhado por uma garrafa de cerveja preta nutritiva...

---

22 Bairro central de Londres conhecido pela sua vida cultural efervescente e por abrigar o British Museum, maior museu do Reino Unido. (N. do T.)

"Ainda que eu me levantasse agora– e tomasse um café da manhã substancial..." um cortejo de cafés da manhã substanciais seguiu os jantares pelo teto, guiado por um enorme presunto rosado com osso. A srta. Moss estremeceu e desapareceu sob as cobertas. De repente, surgiu a proprietária.

"Chegou uma carta para você, srta. Moss."

"Ah", disse a srta. Moss, amigável até demais, "muitíssimo obrigada, sra. Pine. Muito gentil da sua parte dar-se o trabalho."

"Trabalho nenhum", disse a senhoria. "Achei que talvez fosse a carta que estava esperando."

"Ora", disse a srta. Moss animada, "sim, talvez seja." Ela inclinou a cabeça para o lado e sorriu levemente para a carta. "Não deveria ficar surpresa."

Os olhos da proprietária arregalaram-se. "Bom, eu ficaria, srta. Moss", disse, "e é assim que é. E posso me dar o trabalho de abri-la, se quiser. Muitas no meu lugar o teriam feito e teriam todo o direito. Porque as coisas não podem continuar assim, srta. Moss, com certeza não podem. Porque as semanas passam e, primeiro você conseguiu, depois não conseguiu e depois é outra carta perdida nos correios ou outro diretor em Brighton que só voltará, com certeza, na terça-feira – tenho razão em estar cansada e não vou mais tolerar isso. E pergunto-lhe por que eu deveria, srta. Moss, em uma época como essa, com os preços nas alturas e o meu pobre menino na França? Minha irmã Eliza me falava ontem mesmo 'Minnie', ela disse, 'você tem um coração muito mole. Você já poderia ter alugado aquele quarto para outra pessoa', ela disse, 'e, se as pessoas não tomam conta de si mesmas, ninguém mais vai', ela disse. 'Ela pode ter feito faculdade e cantado no West End[23]', ela disse, 'mas sua Lizzie vai falar a verdade', ela disse, 'se ela tem que lavar seus próprios trapos e secar no varal do telhado, é fácil olhar para onde o dedo aponta. E já passou da hora de você acabar com isso', ela disse."

A srta. Moss fez que não ouviu. Sentou na cama, abriu a carta e leu:

"*Cara senhora,*

Recebemos sua carta. Não estamos produzindo no momento, mas arquivamos sua foto para futura referência.

Atenciosamente,
BACKWASH FILM Co."

Essa carta parecia lhe proporcionar uma satisfação peculiar; leu-a por inteiro duas vezes antes de responder à senhoria.

"Bem, sra. Pine, acho que se arrependerá do que acaba de dizer. A carta veio de um diretor, pedindo para apresentar-me com um vestido de noite às dez horas da manhã do próximo sábado."

Mas a senhoria foi mais rápida que ela. Lançou-se à carta e a agarrou.

"Ah, é? Mesmo?", gritou.

"Devolva-me essa carta. Devolva imediatamente, sua mulher malvada, perversa", gritou a srta. Moss, que não conseguia sair

---

23 Área central de Londres, onde se situa o bairro de Bloomsbury. (N. do T.)

da cama porque sua camisola estava rasgada nas costas. "Devolva minha carta pessoal." Lentamente, a proprietária começou a sair do quarto, segurando a carta contra o vestido de botões.

"Então chegamos a isso, não é?", disse ela. "Bom, srta. Moss, se eu não receber meu aluguel até as oito horas da noite, nós veremos quem é uma mulher malvada e perversa – isso é tudo." E balançou a cabeça misteriosamente. "E vou ficar com esta carta." Levantou a voz: "Será uma ótima prova!" E abaixou a voz, fúnebre: "Minha senhora".

A porta bateu e a srta. Moss ficou sozinha. Lançou longe os lençóis e cobertas e, sentada ao lado da cama, furiosa e tremendo, olhou para suas pernas gordas e brancas entremeadas por veias azuis-esverdeadas.

"Barata nojenta! É o que ela é. Uma barata!", disse a srta. Moss. "Poderia mandar prendê-la por pegar minha carta – certamente que poderia." Ainda de camisola, começou a arrastar-se nas suas roupas.

"Ah, se eu pudesse pagar essa mulher, ela não se esqueceria de tudo que ouviria de mim. Com certeza falaria poucas e boas." Foi até a cômoda em busca de um alfinete e, vendo-se no espelho, deu um sorriso leve e balançou a cabeça. "Bom, velha garota", murmurou, "foi colocada contra a parede agora, não há jeito." Mas a pessoa no espelho fez-lhe uma cara feia.

"Sua tola", ralhou a srta. Moss. "Qual a utilidade de chorar agora? Você só vai ficar com o nariz vermelho. Não, vista-se, saia e tente a sorte – é isso que você tem que fazer."

Ela pegou seu estojo de maquiagem da cabeceira da cama, vasculhou, balançou, virou-o do avesso.

"Vou tomar uma bela xícara de chá em uma ABC[24] para me acalmar antes de ir para qualquer outro lugar", decidiu. "Tenho um xelim[25] e três centavos – sim, apenas um xelim e três centavos."

Dez minutos depois, uma dama corpulenta em sarja azul, com um punhado de violetas-de-parma artificiais no peito, um chapéu preto coberto de amores-perfeitos roxos, luvas e botas brancas e uma bolsinha contendo o xelim e os três centavos, cantava com voz de contralto:

"*Querida, nos dias tristes é bom não esquecer*
Que é sempre mais escuro antes do amanhecer[26]"

Mas a pessoa em frente ao espelho fez uma careta para ela, e a srta. Moss saiu. Havia táxis cinza por toda a rua espirrando água nas pedras cinza do calçamento. Fazendo barulho com as latas e gritando para atrair compradores, o menino do leite fazia sua ronda. Em frente à Brittweiler's Swiss House[27], ele derrubou um pouco do leite, e um velho gato marrom sem rabo apareceu

---

24 ABC, ou Aerated Bread Company, foi uma rede inglesa de cafés fundada em 1862, que fez muito sucesso na segunda metade do século XIX e começo do século XX. Foi incorporada à Allied Bakeries em 1955 e seu nome foi desativado. (N. do T.)
25 Um xelim (*shilling*, no original) era o equivalente a doze centavos. No total, a personagem contava com 15 centavos. (N. do T.)
26 *Sweet heart, remember when days are forlorn / It al-ways is dar-kest before the dawn.*" (N. do T.)
27 Casa de comércio, sem referências atuais (N. do T.)

do nada e começou a beber avidamente e em silêncio. A cena deu na srta. Moss uma súbita vontade de contemplação –uma espécie de ansiedade, poderia se dizer.

Mas, quando ela chegou à ABC, achou a porta escancarada; um homem entrava e saía carregando travessas de pães, e não havia ninguém dentro da loja, à exceção de uma garçonete, que se penteava, e o caixa, abrindo cofres. Parou no meio do salão, mas nenhum dos dois a viu.

"Meu menino voltou para casa ontem à noite", disse a garçonete.

"Ah, eu digo – que maravilhoso para você!", balbuciou o caixa.

"Sim, não é?", falou a garçonete. "Ele me trouxe um broche tão lindo. Olhe, está escrito '*Dieppe*' nele.

O caixa foi até perto dela para olhar e colocou o braço em volta do pescoço da garçonete.

"Ah, eu digo", que maravilhoso para você!

"Sim, não é?", disse a garçonete. "Ah, ele se chama Brahn. 'Olá', eu disse, 'olá, velho mogno.'"

"Ah, eu digo", balbuciou o caixa, voltando ao seu posto, quase tropeçando na srta. Moss no caminho. "Você é uma belezura!" Então o homem com os pães voltou a entrar, desviando-se dela.

"Pode me servir uma xícara de chá, srta.?", ela perguntou.

Mas a garçonete continuou penteando os cabelos.

"Ah", ela disse, "não estamos abertos ainda." Virou-se e acenou o pente para o caixa. "Estamos, querido?"

"Ah, não", disse o caixa.

A srta. Moss saiu.

"Vou para Charing Cross[28]. Sim, é o que vou fazer", decidiu. "Mas não vou tomar uma xícara de chá. Não, tomarei café. Café é mais tonificante... Como são atrevidas essas garotas! Seu menino voltou para casa ontem à noite; trouxe-lhe um broche com '*Dieppe*' escrito." Começou a atravessar a rua...

"Preste atenção, gordinha; pare de dormir!", gritou um taxista. Ela fingiu não ouvir.

"Não, não vou para Charing Cross", decidiu. "Vou direto para Kig and Kadgit's[29]. Eles abrem às nove. Se chegar cedo, o sr. Kadgit pode ter recebido algo no correio da manhã... Estou muito feliz que tenha aparecido tão cedo, srta. Moss. Acabo de saber de um diretor que quer uma dama para fazer... Acredito que você será perfeita para ele. Vou lhe dar um cartão para que vá vê-lo. São três libras por semana, todas as despesas incluídas. Se eu fosse você, iria o mais rápido possível. Que sorte você ter aparecido tão cedo..."

Mas não havia ninguém em Kig and Kadgit's a não ser a faxineira esfregando o linóleo do corredor.

"Ninguém aqui ainda, senhorita", disse.

"Ah, o sr. Kadgit não está?", perguntou a srta. Moss, tentando desviar do balde e do esfregão. "Bom, vou esperar um momento, se puder."

....

28 Cruzamento famoso em Londres, onde seis grandes avenidas se encontram. (N. do T.)

29 Apesar de não haver referências atuais do lugar, pressupõe-se, pelo contexto, tratar-se de uma agência de talentos. (N. do T.)

"Você não pode esperar na sala de espera, senhorita. Não a limpei ainda. O sr. Kadgit nunca chega antes das onze e meia aos sábados. Às vezes, nem sequer aparece." E a faxineira começou a rastejar na direção dela.

"Deus do céu – que tola que sou", disse a srta. Moss. "Esqueci que hoje é sábado."

"Cuidado com os pés, por favor, senhorita", pediu a faxineira. E a srta. Moss saiu novamente.

Havia algo a respeito da Beit and Bithems[30]; era agitada. Entrava-se pela sala de espera, envolta em um murmurinho de conversas, e lá estava todo mundo; conhecia-se quase todos. Quem chegasse cedo sentava-se em cadeiras, e as atrasadas sentavam-se no colo das primeiras, enquanto os cavalheiros se apoiavam negligentemente nas paredes ou se pavoneavam para as damas.

"Olá", disse a srta. Moss, alegremente. "Aqui estamos novamente!"

E o jovem sr. Clayton, tocando o banjo apoiado em sua bengala, cantava *Esperando por Robert E. Lee*[31].

"O sr. Bithem está?", perguntou a srta. Moss, abrindo um velho e gasto aplicador de pó e salpicando o nariz de magenta.

"Ah, sim, querida", lamentou a corista. "Ele chegou há séculos. Estamos todas esperando por ele há mais de uma hora."

---

30 Novamente, pelo contexto, trata-se de uma agência de talentos. (N. do T.)

31 General dos Estados Unidos que combateu na Guerra de Secessão americana. À época em que a autora escreveu o conto (1917), era considerado um grande estrategista de guerra, mas seu passado escravocrata e supremacista branco obscureceu o heroísmo lendário de que desfrutava. (N. do T.)

"Deus do céu!", disse a srta. Moss. "Chegou algo, você acha?"

"Ah, alguns empregos na África do Sul", disse o jovem sr. Clayton. "Cento e cinquenta por semana por dois anos, sabia?"

"Ah!", gritou a corista. "Você é estranho, sr. Clayton. Ele não é uma beleza? Não é uma graça, querida? Ah, sr. Clayton, você me faz rir. Não é um palhaço?"

Uma garota morena melancólica tocou o braço da srta. Moss.

"Acabo de perder um trabalho adorável ontem mesmo", disse ela. "Seis semanas no interior e depois no West End. O diretor disse que seria meu com certeza se eu fosse um pouco mais robusta. Disse que, se tivesse uma aparência mais cheinha, o papel seria perfeito para mim." Olhou fixamente para a Srta. Moss, e a rosa vermelho-escura da aba do seu chapéu parecia, de alguma forma, compartilhar do seu infortúnio e estava triste também.

"Ah, querida, que falta de sorte", disse a srta. Moss tentando parecer indiferente. "Que tipo de papel?– se não se importa que eu pergunte."

Mas a garota morena melancólica percebeu sua intenção e um brilho de despeito atravessou seus olhos pesados.

"Ah, nada bom para você, minha querida", disse ela. "Ele queria alguém jovem, sabe? Um tipo moreno espanhol – meu estilo, com mais corpo, só isso."

A porta interna se abriu e o sr. Bithem apareceu em mangas de camisa. Deixou uma mão na porta, pronto para voltar para dentro, e levantou a outra.

"Atenção, garotas…" e fez uma pausa, exibindo seu famoso sorriso antes de dizer "e garooootos." A sala de espera riu tão alto que ele teve que levantar ambas as mãos.

"Não adianta esperar hoje. Voltem na segunda; estou esperando várias chamadas na segunda."

A srta. Moss adiantou-se, desesperada. "Sr. Bithem, queria saber se soube de algo..."

"Deixe-me ver", disse o sr. Bithem devagar, encarando-a; ele apenas tinha visto a srta. Moss quatro vezes por semana pelas últimas... – quantas semanas eram? "Quem é você mesmo?"

"Srta. Ada Moss."

"Ah, sim, sim; claro, minha querida. Ainda não, minha querida. Tenho um trabalho para vinte e oito garotas hoje, mas elas têm que ser jovens e um pouco ágeis – entende? E outro para dezesseis – mas elas têm que saber sapateado. Preste atenção, minha querida. Estou até o pescoço essa manhã. Volte na segunda-feira da outra semana; não vale a pena voltar antes disso." Deu-lhe uma amostra do seu sorriso só para ela e um tapinha nas costas gordas. "Coragem, minha querida", disse o sr. Bithem, "coragem!"

Na North-East Film Company, a multidão lotava as escadas. A srta. Moss deparou-se com uma bonequinha loira de mais ou menos trinta anos, usando um chapéu de renda branca com cerejas em volta.

"Quanta gente!", exclamou ela. "Algo especial?"

"Você não sabia, querida?", perguntou a boneca, abrindo seus imensos olhos claros. "Abriu uma audição às nove e meia para garotas atraentes. Estamos esperando há horas. Já trabalhou para essa companhia antes?"

A srta. Moss inclinou a cabeça para o lado.

"Não, acho que não."

"É uma ótima companhia para atuar", disse a boneca. "Uma amiga minha tem uma amiga que ganha trinta libras por dia... Já atuou bastante em filmes?"

"Bem, não sou atriz por profissão", confessou a srta. Moss. "Sou uma cantora contralto. Mas as coisas têm estado tão ruins ultimamente que tenho feito de tudo um pouco."

"É assim mesmo, não é, querida?", disse a boneca.

"Eu tive uma educação primorosa na faculdade de Música", disse a srta. Moss, "e ganhei uma medalha de prata por cantar. Já cantei em concertos no West End. Mas acho que, pra variar um pouco, vou tentar minha sorte..."

"Sim, é assim mesmo, não é, querida?", disse a boneca.

Nesse momento uma linda datilógrafa apareceu no topo das escadas. "Vocês estão todas esperando pela audição da North-East?"

"Sim!", gritaram as coristas.

"Bom, foi cancelada. Acabo de receber uma ligação."

"Espere um pouco! E quanto às nossas despesas?", gritou uma voz.

A datilógrafa olhou para elas e não conseguiu evitar uma risada.

"Ah, vocês não estavam aí para serem pagas. A North-East nunca paga pelas candidatas."

Havia uma pequena janela redonda na Bitter Orange Company. Nada de sala de espera – ninguém além de uma garota, que veio até a janela quando a srta. Moss bateu e perguntou: "Então?"

"Posso ver o produtor, por favor?", perguntou a srta. Moss

gentilmente. A garota se inclinou sobre a janela, fechou os olhos e parecia ter começado a dormir por um instante. A srta. Moss sorriu para ela. A garota não apenas franziu a testa; parecia sentir um cheiro desagradável; ela fungou. Subitamente se afastou, voltou com um papel e jogou-o para a srta. Moss.

"Preencha o formulário!", disse ela. E fechou a janela com força.

"Você sabe pilotar um avião, mergulhar, dirigir um automóvel, saltar a cavalo, atirar?", leu a srta. Moss. Ela percorreu a rua se perguntando essas questões. Um vento forte e cortante soprava; ele puxou-a, estapeou-a, debochou dela; ela sabia que não podia respondê-las. Na Square Gardens[32], achou uma cesta para jogar o formulário fora. E então sentou-se em um dos bancos para empoar o nariz. Mas a pessoa no espelho de bolso fez uma careta horrenda para ela e foi demais para a srta. Moss; ela se pôs a chorar. Isso a animou admiravelmente.

"Bom, chega", suspirou. "É um consolo sentar um pouco. E meu nariz ficará fresco ao ar livre... É tão agradável aqui. Olhe para os pardais. Piu. Piu. Como chegam perto. Espero que alguém os alimente. Não, não tenho nada para vocês, coisinhas atrevidas... Desviou o olhar deles. Que prédio grande era aquele do outro lado da rua – o Café de Madrid? Meu Deus, que tombo aquela criança levou! Pobrezinho! Deixe pra lá – em pé novamente... até as oito horas da noite... Café de Madrid. "Poderia entrar, sentar-me e tomar um café e só", pensou a srta. Moss. "É um lugar

---

[32] Em Londres, há várias Square Gardens, praças verdes espalhadas pela cidade. (N. do T.)

ótimo para artistas também. Pode ser que eu dê sorte... Um belo cavalheiro moreno em um casaco de pele chega com um amigo e senta-se à minha mesa, talvez. 'Não, velho camarada, já procurei por toda Londres por uma contralto e não consigo achar uma sequer. Aqui, a composição é difícil; dê uma olhada.' E a srta. Moss se ouve dizendo: 'Perdão, por coincidência sou uma contralto e já encenei esse papel muitas vezes'... Extraordinário! 'Venha até o meu estúdio e vou testar sua voz agora mesmo.' Dez libras por semana... Por que eu ficaria nervosa? Não é nervosismo. Por que não deveria ir até o Café de Madrid? Sou uma mulher respeitável – sou uma cantora contralto. E só estou tremendo porque ainda não comi nada hoje... 'Só uma pequena prova, minha senhora...' Muito bem, sra. Pine. Café de Madrid. Eles têm concertos todas as noites... 'Por que eles não começam?' A contralto ainda não chegou... 'Perdão, por coincidência sou uma contralto e já encenei esse papel muitas vezes.'"

Estava quase escuro no café. Homens, palmeiras, assentos de veludo vermelho, mesas de mármore branco, garçons de avental, a srta. Moss passou por todos eles. Mal acabara de sentar-se quando um robusto cavalheiro, usando um chapéu pequeno que parecia flutuar no alto de sua cabeça como um iate, deixou-se cair na cadeira em frente à dela.

"Boa noite!", disse ele.

A srta. Moss disse, à sua maneira animada: "Boa noite!"

"Bela noite", disse o robusto cavalheiro.

"Sim, muito bela. Um presente, não?", disse ela.

Ele apontou um dedo gordo para o garçom. "Traga-me um uísque grande." E voltou-se para a srta. Moss. "E para você?"

"Bom, acho que vou querer um conhaque, se não se importa."

Cinco minutos depois, o robusto cavalheiro inclinou-se na mesa e soprou uma nuvem de fumaça do charuto no rosto dela.

"Que pedacinho de renda mais tentador!", disse ele.

A srta. Moss enrubesceu até sentir o topo da cabeça pulsar de uma forma como nunca antes acontecera.

"Sempre preferi cor-de-rosa", disse ela.

O robusto cavalheiro analisou-a, batendo os dedos na mesa.

"Gosto delas firmes e cobertas", disse ele.

A srta. Moss, para a própria surpresa, soltou uma risada maliciosa.

Cinco minutos depois, o robusto cavalheiro levantou-se.

"Bom, vou para o seu lado ou você vem para o meu?", perguntou.

"Vou com você se não se importa", respondeu a srta. Moss. E navegou atrás do iate para fora do café.

O HOMEM INDIFERENTE

Ele ficou parado em frente à porta do saguão girando o sinete, girando o pesado sinete em seu dedo mínimo enquanto seu olhar passeava fria e deliberadamente pelas mesas redondas e cadeiras de vime espalhadas pela varanda envidraçada. Apertou os lábios — poderia até estar ensaiando um assobio —, mas não assobiou, apenas virou o anel; virou o anel em suas rosadas mãos recém-lavadas.

No canto lá estavam as Duas Topetes, bebendo uma substância que sempre bebiam àquela hora — algo esbranquiçado, cinzento, servido em copos, com pedacinhos flutuando no topo — e remexendo uma lata cheia de aparas de papel envolvendo biscoitos polvilhados, que elas quebravam, mergulhavam em seus copos e agarravam com colheres. Seus dois rolos de crochê, como duas cobras, repousavam na bandeja.

A Mulher Americana estava sentada no lugar de sempre, junto à parede de vidro, à sombra de uma grande trepadeira com olhos lilás arregalados, pressionados – achatados contra o vidro, observando-a avidamente. E ela sabia que eles estavam ali – sabia que estavam olhando para ela daquela forma. Ela se mostrava; se expunha. Às vezes, até mesmo apontava para a trepadeira, clamando: "Não é a coisa mais terrível que já se viu? Não é macabro?" Estava do outro lado da varanda, afinal... e, além disso, não poderia tocá-la, poderia, Klaymongso? Ela era uma Mulher Americana, não era Klaymongso, e ela iria diretamente ao cônsul. Klaymongso, enrolado no colo dela, junto com sua bolsa bordada rasgada, um lenço imundo e uma pilha de cartas sobre ele, espirrou em resposta.

As outras mesas estavam vazias. Um olhar passou entre a Americana e as Topetes. Ela deu de ombros; elas acenaram um biscoito "compreensivo". Mas ele não viu nada. Agora estava parado, dava para ver pelos seus olhos que apenas ouvia. "Ruuu-zip-zu!", soou o elevador. A gaiola de ferro se abriu com um clique. Passos levemente arrastados ecoaram em direção a ele. Uma mão, como uma folha, caiu sobre seu ombro. Uma voz suave disse: "Vamos sentar ali – de onde podemos ver a rua. As árvores estão tão adoráveis". E ela avançou com a mão ainda no seu ombro, e os passos levemente arrastados ao lado dele. Ele puxou uma cadeira e ela afundou, devagar, inclinando a cabeça para trás, os braços caídos para os lados.

"Pode trazer a outra mais perto? Está a quilômetros de distância." Mas ele não se moveu.

"Onde está seu xale?", perguntou ele.

"Ah!" Ela soltou um suspiro de desânimo. "Que tola que sou, deixei-o lá em cima sobre a cama. Deixe para lá. Não vá buscá-lo, por favor. Não vou precisar dele, sei que não."

"Melhor tê-lo com você."Virou-se e rapidamente cruzou a varanda até o saguão à meia-luz coberto de veludo escarlate e mobília dourada – mobília de feiticeiro – e seu Aviso de Cerimônias da Igreja Anglicana, e seu quadro de feltro verde com as cartas não retiradas se amontoando até a moldura, o imenso relógio que batia as horas a cada trinta minutos, o punhado de bengalas, guarda-chuvas e sombrinhas nas garras do urso pardo de madeira. Passou pelas duas palmeiras deterioradas, dois anciãos indigentes aos pés da escadaria, subiu três degraus de mármore por vez, passou pelas duas crianças camponesas em tamanho real com seus aventais de mármore cheios de uvas de mármore e, ao longo do corredor, com seus destroços empilhados de velhas caixas de latão, baús de couro, bolsas de lona, até seu quarto.

A arrumadeira estava no quarto deles, cantando algo enquanto derramava água com sabão em um balde. As janelas estavam escancaradas, as persianas levantadas, e a luz ofuscava tudo. Ela tinha jogado os tapetes e os grandes travesseiros brancos em cima do gradil do balcão; os mosquiteiros foram enrolados em cima das camas; sobre a escrivaninha, uma bacia com restos de palitos de fósforo e fiapos. Quando ela o viu, seus pequenos olhos insolentes se arregalaram, e a cantoria virou um murmúrio. Mas ele não se importou. Seus olhos percorreram o quarto ofuscante. Onde estava o diabo do xale?

"*Vous desirez, monsieur*[33]?", zombou a arrumadeira.

Sem resposta. Ele já o tinha visto. Atravessou rápido o quarto,

---

33 "Deseja algo, senhor?" em francês. (N. do T.)

agarrou a renda cinza e saiu, batendo a porta. A voz da arrumadeira tão alta e estridente quanto possível o acompanhou pelo corredor.

"Ah, aí está você. O que aconteceu? O que o deteve? O chá já está aqui, vê? Acabei de pedir para o Antonio trazer a água quente. Não é extraordinário? Devo ter pedido umas sessenta vezes, pelo menos, e ele ainda não a trouxe. Obrigado. Muito gentil. Realmente sente-se o vento quando se inclina para frente."

"Obrigado." Ele pegou seu chá e sentou-se na outra cadeira. "Não, nada para comer."

"Ah, coma! Só um, você comeu tão pouco no almoço e ainda faltam horas para o jantar."

Seu xale caiu quando ela se inclinou para oferecer-lhe os biscoitos. Ele pegou um e colocou em seu pires.

"Ah, essas árvores da rua", exclamou ela. "Poderia ficar olhado para elas para sempre. Parecem samambaias imensas, excepcionalmente primorosas. Olhe só aquela com a casca prateada e os brotos cor de creme, eu colhi um punhado delas ontem para sentir o cheiro. Ela fechou os olhos com a lembrança, e sua voz se desmanchou, ficando fraca, etérea – era como noz-moscada acabada de moer. Uma pequena pausa. Virou-se para ele e sorriu.

"Você sabe como é o cheiro de noz-moscada, não sabe, Robert?

E ele sorriu de volta. "E como é que eu vou provar para você que sei?"

E Antonio voltou não apenas com a água quente, mas com cartas em uma bandeja e rolos de papel.

"Ah, o correio! Ah, que adorável! Ah, Robert, essas devem ser todas para você! Acabaram de chegar, Antonio?" Suas mãos finas flutuaram e planaram sobre as cartas que Antonio entregou, inclinando-se para a frente.

"*Acabaram de chegar, signora*", sorriu Antonio. "Eu mesmo acabo de pegá-las com o carteiro. Fiz com que ele as entregasse para mim."

"Nobre Antonio!", riu ela. "Aqui – estas são minhas, Robert; as restantes, suas.

Antonio saiu bruscamente, rígido, o sorriso deixou seu rosto. Seu casaco listrado de linho e sua franja achatada e oleosa faziam-no parecer um boneco de madeira.

O sr. Salesby colocou as cartas no bolso; os jornais estavam sobre a mesa. Girou o anel, girou o sinete no seu dedo mínimo e olhou fixo para a frente, piscando, vazio.

Mas ela – com sua xícara de chá em uma mão, as folhas de papel fino na outra, a cabeça para trás, os lábios entreabertos, um toque de cor viva nas maçãs do rosto – bebericava, bebericava, bebia... bebia...

"Da Lottie", deu um leve sussurro. "Coitadinha... tanto trabalho... pé esquerdo. Ela pensou... neurite... Doutor Blyth... pé chato... massagem. Tantos pintarroxos este ano... empregada muito razoável... Coronel indiano... cada grão de arroz separado... nevasca muito intensa." E seus olhos claros arregalados levantaram-se da carta. "Neve, Robert! Já imaginou?" E ela tocou as pequenas violetas escuras presas no seu peito magro e voltou à carta.

... Neve. Neve em Londres. Millie com sua xícara de chá matinal. "Houve uma nevasca terrível à noite, *Sir*." "Ah, sim,

Millie?" As cortinas afastadas, deixando a luz pálida e relutante entrar. Ele se levanta da cama; ela dá uma olhadela nas sólidas casas com caixilhos brancos do outro lado da rua, com as floreiras das janelas repletas de ramos de coral branco... O banheiro dá vista para o jardim dos fundos. Neve... neve por todo lado. O gramado está coberto por uma onda de patas de gato; há uma grossa camada de gelo na mesa do jardim; as vagens da chuva dourada[34] tornaram-se taças brancas; só aqui e ali pode-se perceber uma folha escura na hera... Esquentando as costas na lareira da sala de jantar, o jornal secando sobre uma cadeira. Millie com o bacon.

"Ah, se você me fizer o favor, *Sir*, se os dois garotinhos vierem pedir para limpar os degraus e a frente por um xelim, devo deixá-los?..." E então, voando levemente, levemente pelos degraus abaixo – Jinnie. "Ah, Robert, não é maravilhoso? Ah, que pena que ela tem que derreter. "Onde está o bichano?" "Vou pegá-lo com Millie ..." "Millie, você deve me entregar o gatinho se o trouxe cá para baixo." "Muito bem, *Sir*." Ele sente o coraçãozinho batendo sob sua mão. "Venha, velho amigo, sua Senhora o está esperando. "Ah, Robert, mostre-lhe a neve – sua primeira neve. Devo abrir a janela e colocar um punhado na sua pata para ele sentir?..."

"Bom, isso é muito razoável no geral – muito. Pobre Lottie! Querida Anne! Como eu gostaria de poder enviar um pouco

---

34 Espécie de árvore típica da Europa Central.

disso para elas", exclamou, acenando a carta para o jardim luminoso, radiante. "Mais chá, Robert? Robert querido, mais chá?"

"Não, obrigado, não. Estava muito bom", falou lentamente.

"Bom, o meu não estava. O meu parecia feno picado. Ah, lá vem o casal em lua-de-mel."

Ora andando a passos largos, ora correndo, alternando-se ao carregar uma cesta, varas e linhas, subiram a trilha até os primeiros degraus.

"Meu Deus! Vocês estiveram pescando?", gritou a Mulher Americana.

Estavam sem fôlego, ofegavam:

"Sim, sim, estivemos em um barquinho todo o dia. Fisgamos sete. Quatro estão bons para comer. Mas três deles pode-se mandar embora. Para as crianças."

A sra. Salesby virou sua cadeira para olhar; as Topetes largaram as cobras. Eles formavam um casal bem jovem, moreno – cabelos escuros, pele bronzeada, olhos e dentes brilhantes. Ele estava vestido à inglesa com uma jaqueta de flanela, calças brancas e sapatos. Ao redor do pescoço, vestia um lenço de seda. Com os cabelos penteados para trás, não usava chapéu. E a toda hora enxugava a testa, esfregando as mãos com um lencinho cintilante. A saia branca dela tinha uma mancha de molhado; seu pescoço e garganta estavam rosados do sol. Quando ela levantou os braços, pôde-se ver dois grandes semicírculos de transpiração sob as axilas; seus cabelos grudavam às suas bochechas em cachos ensopados. Parecia que seu marido a tinha jogado no mar e pescado de volta para que ela secasse ao sol e, então, jogado novamente durante todo o dia.

"Será que Klaymongso gostaria de um peixe?", gritaram eles. Suas vozes risonhas carregadas de animação golpearam a varanda envidraçada como pássaros, e um estranho odor de sal emanou da cesta.

"Vocês vão dormir muito bem hoje à noite", disse uma Topete, cutucando o ouvido com uma agulha de crochê enquanto a outra Topete sorria e balançava a cabeça.

O casal em lua-de-mel se entreolhou. Uma grande onda parecia pairar sobre eles. Eles suspiraram, engoliram em seco, gaguejaram um pouco e acabaram rindo... rindo.

"Não podemos subir, estamos cansados demais. Temos que tomar chá desse jeito mesmo. Aqui – café. Não – chá. Não – café. Chá – café, Antonio!" A sra. Salesby virou-se.

"Robert! Robert!" Onde foi ele? Não estava aqui. Ah, lá está ele do outro lado da varanda, de costas, fumando um cigarro. "Robert, podemos ir dar nosso passeio?"

"Claro." Ele apagou o cigarro em um cinzeiro e caminhou até ela, os olhos fixos no chão. "Você não vai passar frio?"

"Ah, claro que não.'

"Certeza?"

"Bom", colocou sua mão no braço dele, "talvez" – e pressionou-o de leve –, "não está lá em cima, está no saguão – talvez você pudesse pegar minha capa. Pendurada."

Ele voltou com a capa e ela inclinou sua cabeça pequena, enquanto ele a jogava nos ombros dela. Então, muito empertigado, ele ofereceu-lhe seu braço. Gentilmente, ela fez uma mesura às pessoas na varanda enquanto ele cobria um bocejo com as mãos, e então desceram os degraus juntos.

"*Vous avez voo ça*[35]?", disse a Mulher Americana.

"Ele não é um homem", disseram as Duas Topetes, "é um animal." Eu falo para minha irmã de manhã e à noite quando estamos na cama, eu digo – ele não é um homem, mas um animal!

Rolando, despencando, arremetendo, a risada do Casal em Lua-de-Mel colidia contra o vidro da varanda.

O sol ainda ia alto. Cada folha, cada flor no jardim estava aberta, imóvel, parecendo exausta, e um cheiro doce, suntuoso, decadente preenchia o ar estremecido. Das folhas espessas e carnudas de um cacto, surgia um talo de babosa repleto de flores pálidas que pareciam feitas de manteiga; a luz refletia-se nas hastes eriçadas das palmeiras; sobre um canteiro de flores vermelhas foscas, grandes insetos "zum-zuniam"; uma grande trepadeira espalhafatosa, laranja salpicada de preto, esparramava-se por um muro.

"Não preciso da minha capa, afinal," disse ela. "Está muito quente." Então ela tirou a capa e a carregou no braço. "Vamos por esse caminho aqui. Me sinto tão bem hoje – estupendamente melhor. Ó céus – olhe aquelas crianças! E pensar que estamos em novembro!"

Em um canto do jardim havia duas banheiras transbordando de água. Três menininhas, tendo cuidadosamente retirado suas calcinhas e as pendurado em um arbusto, as saias amarradas na

---

35 "Vous avez *vu* ça?" é a grafia correta de "Vocês viram isso?" em francês. (N. do T.)

cintura, estavam em pé na banheira, andando para um lado e para outro. Elas gritavam, os cabelos caíam sobre seus rostos, molhavam umas às outras. Mas subitamente a menor, que tinha uma banheira só para si, olhou de relance e percebeu quem as observava. Por um momento, pareceu paralisada pelo medo, então desajeitadamente se esforçou para sair da banheira, ainda segurando suas roupas acima da cintura. "O inglês! O inglês!", gritou e correu para se esconder. Gritando esganiçadas, as outras duas a seguiram. Em um momento tinham sumido; em um momento não havia nada além das duas banheiras transbordando e suas calcinhas minúsculas no arbusto.

"Quão extraordinário!", disse ela. "O que as assustou tanto? Com certeza eram muito jovens para..." Olhou para ele. Ela achou-o pálido – mas incrivelmente bonito com aquela grande árvore tropical atrás dele, com seus espinhos pontudos e longos.

Por um momento, ele não respondeu. Então encontrou seu olhar e sorrindo seu sorriso discreto:

"*Très*[36] excêntrico!", disse.

Très excêntrico! Ah, ela se sentiu tão fraca. Ah, como ela poderia amá-lo tanto apenas por ter dito algo assim. *Très* excêntrico! Isso era tão típico de Robert. Ninguém além de Robert poderia dizer algo assim. Ser tão maravilhoso, tão brilhante, tão estudado e ainda dizê-lo com essa voz tão travessa, inusitada... Ela poderia chorar.

"Você sabe que é tão absurdo, às vezes", disse ela.

---

36 Muito, em francês. (N. do T.)

"Eu sou", ele respondeu. E continuaram andando.

Mas ela estava cansada. Já tinha andado o bastante. Não queria caminhar mais.

"Deixe-me aqui e vá para a sua caminhada habitual, pode ser? Vou ficar em uma daquelas espreguiçadeiras. Que bom que pegou minha capa; não terá que subir para buscar uma toalha. Obrigada, Robert, vou dar uma olhada nesse delicioso heliotropo... Você não vai demorar?"

"Não, não. Você não se importa em ficar sozinha?"

"Tolo! Quero que vá. Não posso esperar que você se arraste atrás da sua mulher inválida a cada minuto... Quanto tempo vai demorar?"

Tirou seu relógio: "Acaba de dar quatro e meia. Estarei de volta às cinco e quinze."

"De volta às cinco e quinze", ela repetiu, deitou-se na espreguiçadeira e cruzou as mãos.

Ele se virou para ir embora. De repente, voltara novamente.

"Olhe, gostaria do meu relógio?" E balançou-o na frente dela.

"Ah!" Ela prendeu o fôlego. "Muito, muito." E agarrou o relógio, o relógio quente, o adorável relógio entre seus dedos. "Agora vá depressa."

Os portões da Pension Villa Excelsior estavam escancarados, presos em alguns gerânios vibrantes. Inclinando-se um pouco, olhar fixo à frente e andando rápido, ele passou por eles e começou a subir a colina que contornava os fundos da cidade como uma grande corda mantendo as vilas unidas. A poeira era espessa. Uma carruagem passou sacudindo em direção à Villa

Excelsior. Nela, sentavam-se o general e a condessa; tinham saído para seu passeio diário. O sr. Salesby lançou-se para o lado mas a poeira açoitou-o, grossa, branca, sufocante como lã. A condessa só teve tempo de cutucar o general.

"Lá vai ele", disse, ardilosa.

Mas o general soltou um guincho alto e recusou-se a olhar.

"É o inglês", disse o condutor, virando-se e sorrindo. E a condessa lançou as mãos para o alto e balançou a cabeça tão cordialmente que ele cuspiu de satisfação e deu uma chicotada no cavalo cambaleante.

Em frente; em frente, passando pelas mais refinadas propriedades, palácios magníficos, palácios que valia a pena vir de longe para ver, passando pelos jardins públicos com grutas entalhadas e estátuas e animais de pedra bebendo na fonte, até chegar a uma aldeia pobre. Aqui a estrada tornava-se estreita e fétida, entre casebres altos e estreitos com os andares térreos esvaziados para dar lugar a estábulos e lojas de carpinteiros. Em uma fonte logo à sua frente, duas bruxas velhas batiam a roupa. Ao passar por elas, voltaram a sentar-se sobre os quadris, fitaram-no, e seu "rac-cac-cac!" com o estapear, estapear da pedra sobre a roupa ecoou atrás dele.

Ele alcançou o topo da colina; virou uma esquina, e a cidade se escondeu. Abaixo, via um profundo vale com o leito ressecado de um rio ao fundo. Ambos os lados estavam cobertos de casinhas deterioradas com varandas de pedra quebrada, onde frutas secavam ao sol, havia faixas de tomates na horta e, dos portões às portas de entrada, treliças de videiras. A luz do poente, profunda, dourada, se estirava sobre o fundo do vale;

pairava um odor de carvão no ar. Nas hortas, homens colhiam uvas. Ele observou um homem em pé sob a sombra verde que se levantava, segurava um cacho escuro em uma mão, pegava a faca do cinto, cortava e colocava o cacho em uma cesta em formato de barca. O homem trabalhava lentamente, em silêncio, levando centenas de anos para terminar a tarefa. Nas sebes do outro lado da estrada, havia uvas pequenas como cerejas, crescendo naturalmente, crescendo entre as pedras. Apoiou-se em um muro, encheu seu cachimbo, acendeu um fósforo...

Apoiado em frente a um portão, levantou a gola do sobretudo. Ia chover. Isso não tinha importância, ele estava preparado. Não se esperava outra coisa em novembro. Olhou para o campo aberto. Da esquina próxima ao portão chegava um odor de nabos-da-suécia[37], um amontoado deles, úmidos, com uma cor desagradável. Dois homens passaram em direção à aldeia que observara. "Bom dia!" "Bom dia!" Por Deus! Teria que correr se quisesse pegar o trem de volta para casa. Além do portão, cruzando o campo, além da barreira, pela trilha, acompanhando os pingos de chuva e a poeira... Em casa a tempo de um banho e de trocar de roupa antes do jantar... Na sala de visitas, Jinnie está sentada muito perto da lareira. "Ah, Robert, não ouvi você chegar. Se divertiu? Como você está cheirando bem! Um presente?" "Um punhado de amoras que colhi para você. Um cor ótima." "Ah, adorável, Robert! Dennis e Beaty virão para

....

37 Planta resultante do cruzamento entre a couve e o nabo, cultivada especialmente no norte da Europa e no Canadá. Também chamada de rutabaga ou couve-nabo. (N. do T.)

o jantar." Jantar – frios, batatas com as cascas, vinho tinto, pão caseiro. Estão felizes – todos riem. "Ah, nós conhecemos Robert", diz Dennis, soprando sobre as lentes dos óculos e polindo-as. "Aliás, Dennis, consegui uma pequena edição muito jovial de..."

Um relógio bateu as horas. Ele se apressou. Que horas seriam? Cinco? Cinco e quinze? De volta, de volta pelo mesmo caminho. Quando ele passou pelos portões, a viu na guarida. Ela levantou-se, acenou e lentamente veio até ele, arrastando a pesada capa. Na sua mão carregava um ramo de heliotropos.

"Está atrasado", gritou alegremente. "Está três minutos atrasado. Aqui está seu relógio, comportou-se muito bem enquanto você estava fora. Divertiu-se? Conte-me. Onde você foi?"

"Já conto. Vista isso", disse, pegando a capa dela.

"Sim. Sim, está ficando friozinho. Vamos para nosso quarto?" Quando chegaram ao elevador, ela tossia. Ele franziu a testa.

"Não é nada. Não fiquei tanto tempo fora. Não fique zangado." Ela sentou-se em uma cadeira de veludo vermelho enquanto ele tocava e tocava, e então, sem resposta, manteve o dedo no sino do elevador.

"Ah, Robert, você acha que é preciso?"

"É preciso o quê?"

A porta do salão abriu.

"O que é isso? Quem está fazendo esse barulho?", ecoou de dentro. Klaymongso começou a grasnar. "Cró! Cró! Cró!" veio do general. Uma Topete disparou com uma mão sobre a orelha, abriu a porta dos funcionários. "Sr. Queet! Sr. Queet!", baliu ela. O gerente veio correndo.

"É o senhor tocando o sino, sr. Salesby? O senhor quer o elevador? Muito bem, *sir*. Eu mesmo o levarei para cima. Antonio teria chegado em um minuto, estava apenas tirando seu avental..." E, depois de conduzi-los para dentro do elevador, o gerente oleoso foi até a porta do salão. "Perdão se foram perturbados, damas e cavalheiros." Salesby manteve-se em pé na cabina do elevador, sugando as bochechas para dentro, olhando para o teto e girando o anel, girando o sinete no dedo mínimo...

Chegando ao quarto, apressou-se para o lavatório, chacoalhou a garrafa, serviu uma dose e trouxe até ela.

"Sente-se. Beba. E não fale nada." E ficou ao lado dela em pé enquanto ela obedecia. Então pegou o copo, enxaguou-o e colocou-o de volta no estojo. "Quer uma almofada?"

"Não, estou bem. Venha aqui. Sente-se do meu lado por um minuto, por favor, Robert. Ah, que agradável. Ela virou-se e colocou o ramo de heliotropos na lapela do casaco dele. "Isso", disse ela, "é muito elegante." E apoiou sua cabeça no ombro dele, e ele colocou o braço ao redor dela.

"Robert..." Sua voz como um suspiro – como um sopro.

"Sim..."

Ficaram sentados por bastante tempo. O céu ficou em chamas, empalideceu; as duas camas brancas eram como dois barcos... Por fim, ele ouviu a arrumadeira percorrendo o corredor com as bacias de água quente e gentilmente soltou-a para acender a luz.

"Ah, que horas são? Ah, que noite divina. Ah, Robert, estava pensando enquanto você estava fora esta tarde..."

Foram o último casal a entrar na sala de jantar. Lá estava a condessa com seus binóculos para teatro e seu leque, lá estava o general com sua cadeira especial e a almofada de ar, e a cobertinha sobre os joelhos. Lá estava a Mulher Americana mostrando a Klaymongso uma cópia do jornal de sábado... "Estamos em um banquete da razão e um fluxo do espírito." Lá estavam as Duas Topetes tateando os pêssegos e as peras no seu prato de frutas e colocando de lado aquelas que consideravam verdes ou maduras demais, para mostrar ao gerente; e o Casal em Lua-de-Mel se inclinava sobre a mesa, cochichando, tentando não romper em gargalhadas.

O sr. Queet, em roupas casuais e sapatos brancos de lona, servia a sopa, e Antonio, em trajes formais, a distribuía.

"Não", disse a Mulher Americana, "leve embora, Antonio. Não podemos tomar sopa. Não podemos comer nada pastoso, podemos, Klaymongso?"

"Leve-as de volta e complete até a boca!", disseram as Topetes, viraram-se e observaram enquanto Antonio entregava a mensagem.

"O que é isso? Arroz? Está cozido?" A condessa olhou através dos binóculos. "Sr. Queet, o general vai tomar um pouco dessa sopa se estiver cozida."

"Muito bem, condessa."

O Casal em Lua-de-Mel comeu peixe, por sua vez.

"Dê-me aquele ali. Foi esse que eu fisguei. Não, não é. Sim, é. Não, não é. Bom, está olhando para mim com seu olho, então deve ser. Hi, hi, hi!" Seus pés estavam entrelaçados sob a mesa.

"Robert, você não está comendo de novo. Algum problema?"

"Não. Comida ruim, só isso."

"Ah, que chateação. Estão chegando ovos e espinafre. Você não gosta de espinafre, gosta? Devo prevenir-lhes no futuro..."

Um ovo e purê de batatas para o general.

"Sr. Queet! Sr. Queet!"

"Sim, condessa."

"O ovo do general está muito duro de novo."

"Cró! Cró! Cró!"

"Mil perdões, condessa. Devo cozinhar outro para o senhor, general?"

...São os primeiros a deixar a sala de jantar. Ela se levanta, recolhendo seu xale e ele fica ao seu lado, esperando-a passar, girando o anel, girando o sinete no seu dedo mínimo. No saguão, aproxima-se o sr. Queet.

"Pensei que os senhores não iriam querer esperar pelo elevador. Antonio está servindo a louça para as mãos. Sinto muito que o sino não tenha tocado. Está quebrado. Não sei o que aconteceu."

"Ah, espero que...", ela falou.

"Entre", disse ele.

O sr. Queet entra depois deles e fecha a porta...

"...Robert, você se importa se eu me deitar logo? Você não vai descer para o salão ou sair para o jardim? Ou talvez queira fumar um charuto no balcão. Está tão adorável lá fora. E eu gosto da fumaça do charuto. Sempre gostei. Mas se preferir..."

"Não, vou sentar-me aqui."

Ele pega uma cadeira e senta-se no balcão. Ouve-a se mexendo pelo quarto, levemente, levemente, movendo-se e roçando o vestido. Então vem até ele.

"Boa noite, Robert."

"Boa noite." Ele pega a mão dela e beija sua palma.

"Não tome frio."

O céu está da cor do jade. Há inúmeras estrelas; uma enorme lua branca paira sobre o jardim. Ao longe, um raio tremula; tremula como uma asa. Tremula como um pássaro ferido que tenta voar, e afunda novamente e novamente luta.

As luzes do salão brilham por sobre a trilha do jardim, e o som de um piano surge. E, ao abrir a persiana para deixar Klaymongso caminhar pelo jardim, a Mulher Americana grita: "Vocês viram essa lua?" Mas ninguém responde.

Ele sente muito frio sentado ali, olhando pelo gradil do balcão. Finalmente entra. A lua... O quarto está pintado de branco com o luar. A luz estremece nos espelhos; as duas camas parecem flutuar. Ela dorme. Ele a vê através do mosquiteiro, quase sentada, rodeada de travesseiros, suas mãos brancas cruzadas sobre o lençol. Sua face pálida, seus cabelos claros presos no travesseiro, estão cheios de fios brancos. Ele se despe rapidamente, furtivo e deita-se na cama. Deitado, com as mãos por trás da cabeça...

... No seu escritório. Fim do verão. A hera americana começando a mudar...

"Bem, meu querido amigo, essa é toda a história. Essa

é a versão longa e a curta. Se ela não conseguir se afastar de tudo pelos próximos dois anos e dar uma chance a um clima decente ela vai – hmmm... – bater as botas. Melhor ser franco com essas coisas. "Ah, certamente..." "E caramba, velho amigo, o que o impede de ir com ela? Não é como se você tivesse um emprego fixo como nós, pobres assalariados. Você pode fazer o que faz agora de qualquer lugar..." "Dois anos." "Sim, eu daria dois anos. Você não vai ter problema nenhum em abandonar essa casa, sabe muito bem disso. Aliás..."

... Ele está com ela.

"Robert, o terrível é – acho que é minha doença –, eu apenas sinto que não poderia ir sozinha. Você entende – você é tudo. Você é pão e vinho, Robert, pão e vinho. Ah, meu querido – o que estou dizendo? Claro que poderia, claro que não vou afastá-lo de tudo..."

Ele a ouve se mexer. Será que ela quer algo?

"*Boogles?*"

Por Deus! Ela está falando dormindo. Eles não usavam esse apelido há anos.

"*Boogles*. Está acordado?"

"Sim, você quer algo?"

"Ah, vou aborrecê-lo. Desculpe-me. Você se importa? Há um mosquito desgraçado dentro do meu mosquiteiro – posso ouvi-lo zunindo. Pode pegá-lo? Não quero me mover por causa do meu coração."

"Não, não se mova. Fique onde está." Ele acende a luz, levanta o mosquiteiro. "Onde está o miserável? Já o viu?"

"Sim, ali, no canto. Ah, me sinto um monstro por tê-lo tirado da cama. Você se importa muito?"

"Não, claro que não. Por um momento ele perambula em seu pijama azul e branco. Então, "peguei-o", disse ele.

"Ah, que bom. Era muito grande?"

"Bestial." Ele foi até o lavatório e mergulhou os dedos na água. "Está tudo bem agora? Devo desligar a luz?"

"Sim, por favor. Não. *Boogles!* Volte aqui por um instante. Sente-se ao meu lado. Dê-me sua mão." Ela gira o sinete dele. – por que não estava dormindo? "*Boogles*, ouça bem. Venha mais perto. Às vezes, me pergunto – o incomoda muito estar aqui comigo?"

Ele se inclina. Beija-a. Ele a cobre, alisa o travesseiro.

"Apodreça!", ele sussurra.

UM DIA DE
REGINALD PEACOCK[38]

Se havia uma coisa que ele odiava mais que tudo era a forma como ela o acordava pela manhã. Ela fazia de propósito, claro. Era sua maneira de reafirmar seu protesto diário, e ele não iria permitir que ela soubesse como se saía bem ao fazê-lo. Mas na verdade, na verdade, acordar uma pessoa sensível daquela forma era decididamente perigoso! Era-lhe preciso horas para superar – simplesmente horas. Ela entrou no quarto em um macacão abotoado, com um lenço amarrado na cabeça – ou seja, provando que estava muito ocupada e trabalhando feito uma escrava desde o amanhecer – e chamou-o em uma voz baixa, preventiva.

"Reginald!"

---

38 *Peacock*, em inglês, significa "pavão". Aqui, a autora usa a palavra como metáfora do comportamento do personagem principal do conto, extremamente vaidoso e egocêntrico. (N. do T.)

"Hã? Quê? O que foi? Qual o problema?"

"Está na hora de levantar; já são oito e meia." E saiu, encostando a porta silenciosamente, para se vangloriar do seu triunfo, suspeitava ele.

Ele se virou na cama grande, seu coração ainda batendo em pulsos rápidos e fracos, e a cada batida ele sentia sua energia lhe escapando, sua... sua inspiração para o dia sufocando sob aqueles golpes secos. Parecia que ela tinha um prazer malicioso em fazer sua vida mais difícil do que – sabe-se lá Deus – era, negando-lhe seus direitos de artista, tentando rebaixá-lo ao nível dela. Qual era o problema com ela? Que diabos ela queria? Ele já não tinha três vezes mais alunas agora do que quando eles se casaram, ganhava três vezes mais, pagara por cada bem que eles possuíam e agora também pagava pelo jardim de infância de Adrian?... E ele a repreendia por não ter um centavo no nome dela? Nunca dissera uma palavra – nunca nem um sinal! A verdade era que, uma vez que você casa com uma mulher, ela torna-se insaciável, e a verdade era que nada era mais fatal para um artista do que o casamento, de qualquer forma, até que ele tivesse muito mais de quarenta anos... Por que ele se casou com ela? Ele se fazia essa pergunta em média três vezes por dia, mas nunca conseguia responder satisfatoriamente. Ela o fisgara em um momento de fraqueza, quando o primeiro mergulho na realidade o tinha desnorteado e confundido por uns tempos. Olhando para trás, ele via uma criatura jovem, patética, metade criança, metade ave selvagem indomável, totalmente incompetente para lidar com contas e credores e todos os detalhes sórdidos da existência. Bom... ela tinha feito o melhor para cortar as asas dele, se é que isso a satisfazia, e ela podia se parabenizar pelo sucesso do seu truque matinal. Todos deveriam acordar delicadamente, com hesitação, pensava ele, escorrendo pela cama quente. Ele começou a imaginar uma série de cativantes cenas que terminavam com sua mais nova e encantadora aluna colocando seus perfumados braços nus em volta do pescoço dele, cobrindo-o com seus longos e cheirosos cabelos.

"Acorde, meu amor!..."

Como era seu hábito diário, enquanto a banheira se enchia, Reginald Peacock testava sua voz.

"Quando sua mãe ocupa-se dela perante o espelho risonho
Procurando seus laços, amarrando seu cabelo,"

...cantou ele, suavemente a princípio, atentando-se à qualidade, aquecendo sua voz até chegar à terceira estrofe:

"Muitas vezes pensa,
fosse essa coisinha selvagem casada[39]..."

... e, ao chegar à palavra "casada", explodiu em um grito de triunfo tão forte que o copo das escovas de dente na prateleira do banheiro tremeu e até mesmo a torneira da banheira parecia esguichar uma torrente de aplausos...

---

39 As estrofes originais, *"When her mother tends her before the laughing mirror / Tying up her laces, looping up her hair / Often she thinks, were this wild thing wedded"*, fazem parte do poema *Love in the Valley* (*Amor no Vale*), do poeta inglês George Meredith (1828-1909). (N. do T.)

Bom, não havia nada de errado com sua voz, pensou ele, pulando na banheira e ensaboando todo o seu corpo macio e rosado com uma esponja em formato de peixe. Ele poderia lotar o Covent Garden[40] com ela! "Casada", gritou novamente, pegando a toalha com um gesto operístico magnífico, e continuou cantando enquanto se enrolava como Lohengrin, substituído por um ingênuo Cisne e secando-se com pressa antes que aquela enfadonha Elsa[41] chegasse perto, perto...

De volta ao seu quarto, ele abriu a persiana com um puxão e, em pé sobre o quadrado pálido de luz do sol que brilhava no carpete como uma resma de papel mata-borrão creme, começou a fazer seus exercícios – respirar profundamente, inclinar-se para a frente e para trás, agachar como um sapo e estender as pernas –, porque se havia algo que ele odiaria era ficar gordo, uma terrível tendência para homens na sua profissão. No entanto, até agora, ainda não havia sinais disso.

Ele estava, decididamente, em forma, com proporções ótimas. De fato, ele não conseguia conter uma ponta de satisfação quando se via no espelho, vestido com um casacão, calças cinza-escuras, meias cinza e uma gravata preta com um filete prateado. Não que ele fosse vaidoso – ele não suportava homens vaidosos –, não; a visão de si mesmo lhe dava uma sensação de pura satisfação artística.

....

40 Área central de Londres, onde se localiza o Royal Opera House, teatro de ópera. (N. do T.)

41 *Lohengrin*, *Cisne* e *Elsa* são personagens da ópera *Lohengrin*, de Richard Wagner. (N. do T.)

"*Voilà tout*⁴²"! disse ele, passando a mão sobre seus cabelos macios.

Aquela frasezinha francesa saída tão suavemente de seus lábios, como um sopro de fumaça, lembrou-lhe que alguém havia lhe perguntado novamente, na noite anterior, se ele era inglês. As pessoas acreditavam ser impossível ele não ter algum sangue do sul. É verdade, havia uma qualidade emocional no seu cantar que não tinha nada de John Bull⁴³... A maçaneta da porta chacoalhou e girou para um lado e para outro. A cabeça de Adrian apareceu pelo vão.

"Papai, por favor, a mãe falou que o desjejum já está pronto, por favor."

"Muito bem", disse Reginald. E depois, logo que Adrian sumiu: "Adrian!"

"Sim, papai."

"Você não disse 'bom dia.'"

Há alguns meses, Reginald tinha passado um fim de semana em uma família extremamente aristocrática, em que o pai recebia seus filhos pela manhã e cumprimentava-os com um aperto de mão. Reginald julgou a prática encantadora e adotou-a imediatamente, mas Adrian achava terrivelmente tolo apertar a mão do próprio pai toda manhã. E por que seu pai sempre cantarolava em vez de conversar?...

---

42 "Isso é tudo!", em francês. (N. do T.)
43 John Bull é uma personificação nacional da Grã-Bretanha criada pelo médico e satírico inglês John Arbuthnot em 1712 e popularizada pela imprensa local. É o equivalente do "Tio Sam" americano em terras inglesas. (N. do T.)

De ótimo humor, Reginald dirigiu-se até a sala de jantar e sentou-se diante de uma pilha de cartas, uma cópia do Times e um pequeno prato coberto. Deu uma olhadela nas cartas e, depois, no seu desjejum. Havia duas fatias finas de bacon e um ovo.

"Você não quer bacon?", perguntou ele.

"Não, eu prefiro uma maçã assada. Não sinto necessidade de bacon todas as manhãs."

Será que ela queria dizer que ele tampouco tinha necessidade de bacon toda manhã e que se ressentia de ter que cozinhá-lo para ele?

"Se você não quer fazer o café da manhã", disse ele, "por que não contrata uma criada? Você sabe que nós podemos pagar por uma e sabe como eu desprezo ver minha mulher fazendo o trabalho de casa. Apenas porque todas as criadas que tivemos no passado foram um fracasso, acabaram com a minha dieta e tornaram praticamente impossível que eu tivesse alunos aqui, você desistiu de tentar encontrar uma mulher decente. Não é impossível treinar uma criada – é? Quero dizer, não é preciso ser genial?"

"Mas eu prefiro fazer o trabalho eu mesma; torna a vida muito mais calma... Adrian querido, apresse-se e apronte-se para a escola."

"Ah não, não é isso!" Reginald fingiu sorrir. "Você faz o trabalho você mesma porque, por alguma extraordinária razão, adora me humilhar. Objetivamente, pode até não saber disso, mas, subjetivamente, essa é a razão." Essa última observação agradou-o tanto que ele abriu um envelope com a graça que teria em um palco...

"Caro sr. Peacock,

Sinto que não poderei dormir até ter-lhe agradecido novamente pela maravilhosa alegria que o seu canto me proporcionou esta noite. Positivamente inesquecível. Você me faz imaginar, como nunca imaginara desde que era uma garotinha, se isso é tudo. Quero dizer, se esse mundo medíocre é tudo. Se não há, talvez, para aqueles de nós que compreendemos, riqueza e beleza divinas à nossa espera se apenas tivermos a coragem de observar. E torná-las nossa propriedade... A casa está tão silenciosa. Adoraria que estivesse aqui agora para poder agradecer-lhe pessoalmente. Você está fazendo algo maravilhoso. Você está ensinando ao mundo como escapar da vida!

Sinceramente sua,
Aenone Fell
P.S.: estou em casa todas as tardes desta semana..."

A carta foi escrita com tinta violeta em um papel grosso feito à mão. Vaidade, aquele pássaro brilhante levantou as asas novamente, levantou-as até sentir que seu peito ia estourar.

"Bom, não vamos discutir", disse ele e literalmente estendeu a mão para sua mulher.

Mas ela não era magnânima o bastante para responder.

"Tenho que correr e levar o Adrian para a escola", disse ela. "Sua sala está pronta para você."

Muito bem. Muito bem – deixe que haja guerra declarada entre eles! Mas ele morreria antes de tentar uma trégua novamente!

Andou de um lado para outro em sua sala e não se acalmou de novo até que ouviu a porta da rua se fechar atrás de Adrian e sua mulher. Com certeza, se isso continuasse, ele teria que pensar em outro tipo de arranjo. Isso era óbvio. Amarrado e preso assim, como ele poderia ajudar o mundo a escapar da vida? Abriu o piano e verificou suas alunas da manhã. A srta. Betty Brittle, a condessa Wilkowska e a srta. Marian Morrow. Eram encantadoras, todas as três.

Pontualmente às dez e meia, a campainha tocou. Ele foi até a porta. Lá estava a srta. Betty Brittle, vestida de branco, com suas músicas em um estojo de seda azul.

"Temo estar adiantada", disse ela, enrubescendo, tímida, e arregalou seus grandes olhos azuis. "Estou?"

"Claro que não, querida dama. Apenas estou encantado demais", disse Reginald. "Queira entrar!"

"Está uma manhã adorável", disse a srta. Brittle. "Passeei pelo parque. As flores estão tão maravilhosas."

"Bem, pense nelas enquanto cantar seus exercícios", pontuou Reginald, sentando-se ao piano. "Dará à sua voz cor e afeto."

Ah, que ideia encantadora! Que gênio era o sr. Peacock. Ela entreabriu seus lindos lábios e começou a cantar como um amor-perfeito.

"Muito bem, muito bem, realmente", disse Reginald, tocando acordes que carregariam um criminoso insensível aos céus. "Arredonde as notas. Não tenha medo. Demore-se nelas, inspire-as como um perfume."

Como ela estava bonita, em pé ali nas suas roupas brancas,

sua cabecinha loira inclinada para o lado, mostrando sua garganta translúcida.

"Você já praticou em frente ao espelho?", perguntou Reginald. "Você deveria, sabe? Torna os lábios mais flexíveis. Venha aqui."

Foram até o espelho e se posicionaram lado a lado.

"Agora cante – mu-i-gu-i-u-i-a!"

Mas ela desabou e enrubesceu mais ainda que antes.

"Ah", clamou, "Não posso. Me sinto tão tola. Fico querendo rir. Sei que pareço absurda!"

"Não, não parece. Não tenha medo", disse Reginald e riu também, gentilmente. "Agora, tente novamente!"

A aula simplesmente voou, e Betty Brittle superou sua timidez.

"Quando posso vir novamente?", perguntou, guardando novamente a música no estojo de seda azul. "Quero fazer tantas aulas quanto puder agora. Ah, sr. Peacock, gosto tanto delas. Posso vir depois de amanhã?"

"Querida dama, quem me dera ser tão encantador", disse Reginald, indicando-lhe a saída.

Que menina esplêndida!

Quando estavam diante do espelho, a manga branca dela tocou de leve a manga preta dele. Ele podia sentir – sim, podia sentir de verdade um ponto quente brilhando e acariciou-o. Ela adorava suas aulas. Sua mulher entrou.

"Reginald, pode me dar algum dinheiro? Devo pagar o leiteiro. Você ficará para o jantar hoje à noite?"

"Sim, você sabe que vou cantar na residência do Lorde

Timbuck, às nove e meia. Pode me fazer uma sopa de legumes com um ovo?"

"Sim. E o dinheiro, Reginald? São oito xelins e seis centavos."

"Certamente está muito caro – não?"

"Não, esse é o preço que deve ser. E Adrian precisa tomar leite." Lá estava ela – atacando novamente. Agora estava usando Adrian contra ele.

"Eu não tenho o mínimo intento de negar ao meu filho a quantidade apropriada de leite", disse ele. "Aqui estão dez xelins."

A campainha tocou. Ele foi até a porta.

"Ah", disse a condessa Wilkowska, "as escadas. Estou sem fôlego." E colocou a mão sobre o coração enquanto o seguia até a sala de música. Estava vestida inteiramente de preto, com um chapeuzinho preto e véu, além de violetas no decote.

"Não me obrigue a exercícios de canto, hoje", rogou ela, agitando as mãos à sua maneira estrangeira adorável. "Não, hoje, eu quero só cantar canções... Posso tirar minhas violetas? Elas murcham tão rápido."

"Elas murcham tão rápido... elas murcham tão rápido", tocou Reginald ao piano.

"Posso colocá-las aqui?", perguntou a condessa, largando-as em um vasinho que ficava em frente a uma das fotografias de Reginald.

"Querida dama, quem me dera ser tão encantador!"

Ela começou a cantar e tudo ia bem até que ela chegou à frase: "Você me ama. Sim, eu sei que você me ama!" Ele tirou as mãos do teclado e virou-se na banqueta, olhando-a nos olhos.

"Não, não, não está bom o bastante. Você pode fazer melhor que isso", gritou Reginald com entusiasmo. "Você deve cantar como se estivesse apaixonada. Ouça: deixe-me tentar lhe mostrar." E ele cantou.

"Ah, sim, sim. Entendo o que quer dizer", gaguejou a pequena condessa. "Posso tentar novamente?'

"Certamente. Não tenha medo. Solte-se. Revele-se. Deixe o orgulho se render!", ele falou por sobre a música. E ela cantou.

"Sim, melhor desta vez. Mas ainda acho que você é capaz de mais. Tente comigo. Deve haver uma espécie de provocação entusiasmada também – você não sente?" E cantaram juntos. Ah! Agora ela tinha certeza que entendera.

"Posso tentar mais uma vez?" Você me ama. Sim, eu *sei* que você me ama."

A aula acabou antes de a estrofe estar perfeita. As pequenas mãos estrangeiras tremiam quando eles recolheram as músicas juntos. "Você está esquecendo suas violetas", disse Reginald suavemente.

"Sim, acho que vou esquecê-las", disse a condessa, mordendo o lábio inferior. Que maneiras fascinantes essas mulheres estrangeiras têm!

"E você virá até a minha casa no domingo para compor?", ela perguntou.

"Querida dama, quem me dera ser tão encantador!"

"Não chorem mais, tristes fontes.
Por que precisam jorrar tão rápido?"

...Cantou a srta. Marian Morrow, mas seus olhos se encheram de lágrimas e seu queixo tremia.

"Não comece a cantar ainda", disse Reginald. "Deixe-me tocá-la para você." Tocou suavemente.

"Há algum problema?", perguntou Reginald. "Você não está muito feliz esta manhã."

Não, ela não estava; estava terrivelmente triste.

"Não se importa em me contar?"

Não era nada especial. Ela tinha esses humores às vezes quando a vida parecia quase insustentável.

"Ah, eu sei", disse ele. "Se eu pudesse ajudar!"

"Mas você ajuda; você ajuda! Ah, se não fosse pelas minhas aulas, eu sinto que não conseguiria prosseguir."

"Sente-se na poltrona, cheire as violetas e deixe-me cantar para você. Lhe fará tão bem quanto uma aula."

Por que os homens não eram como o sr. Peacock?

"Eu escrevi um poema depois do concerto de ontem à noite – sobre o que eu sentira. Claro, não era nada íntimo. Posso enviá-lo para você?"

"Querida dama, quem me dera ser tão encantador!"

No fim da tarde ele já estava bastante cansado e deitou-se no sofá para descansar sua voz antes de se vestir. A porta da sala estava aberta. Ele podia ouvir Adrian e sua mulher conversando na sala de jantar.

"Sabe o que me lembra esse bule, mamãe? Me lembra um gatinho sentado."

"Ah, é, sr. absurdo?"

Reginald cochilou. O telefone o acordou.

"Aenone Fell falando. sr. Peacock, acabei de ouvir que o

senhor vai cantar na residência do Lorde Timbuck hoje à noite. Poderia jantar comigo, para depois irmos juntos?" E as palavras de sua resposta caíram como flores no telefone.

"Querida dama, quem me dera ser tão encantador!"

Que noite triunfante! O pequeno jantar *tête-à-tête*[44] com Aenone Fell, a ida até a residência de Lorde Timbuck no automóvel branco dela, quando lhe agradeceu novamente pela inesquecível alegria. Triunfo sobre triunfo! E o champanhe de Lorde Timbuck simplesmente fluiu.

"Tome mais champanhe, Peacock", disse Lorde Timbuck. "Peacock, note bem." Não sr. Peacock – mas Peacock, como se ele fosse um deles. E ele não era? Era um artista. Ele poderia influenciá-los a todos. E não estava ele ensinando-os a escapar da vida? Como cantava! E, enquanto cantava, como em um sonho via as penas, as flores e os leques deles, oferecidos a ele, colocados perante ele, como um imenso buquê.

"Tome outra taça de vinho, Peacock."

"Poderia ter quem eu quisesse apenas levantando um dedo", pensou Peacock, certamente cambaleando de volta para casa.

Mas, quando adentrou o apartamento escuro, sua maravilhosa sensação de júbilo começou a se dissipar. Ele acendeu a luz do quarto. Sua mulher dormia, encolhida no lado da cama dela. Ele lembrou-se subitamente como ela tinha reagido quando ele avisou que ia sair para jantar: "Você poderia ter me dito antes!" E como ele respondera: "Você não consegue falar

....

44 "A dois", em francês. (N. do T.)

comigo sem violar a boa educação?" Era incrível, pensou ele, como ela se importava tão pouco com ele – incrível como ela não se interessava minimamente pelos seus triunfos e sua carreira artística. Quando tantas mulheres no lugar dela teriam lhe dado os próprios olhos... Sim, ele sabia... Por que não reconhecer?... E lá estava ela, uma inimiga, mesmo dormindo... "Terá que ser sempre assim?", pensou ele, ainda sob o efeito do champanhe. "Ah, se fôssemos apenas amigos, quanto ele não poderia falar--lhe agora! Sobre sua noite; até mesmo sobre como Timbuck o tratara e tudo que ele tinha lhe dito e muito mais, muito mais." Se ao menos ele sentisse que ela estava ali esperando-o, que ele poderia contar tudo para ela – e muito mais, muito mais.

Na sua comoção, tirou sua bota e simplesmente a arremessou a um canto. Com o barulho, sua mulher acordou terrivelmente assustada. Ela sentou-se, empurrando o cabelo para trás. E, de repente, ele decidiu tentar ser amigo dela mais uma vez, contar-lhe tudo, conquistá-la. Sentou-se ao lado da cama e pegou uma de suas mãos. Mas, de todas as coisas esplêndidas que tinha a dizer, não conseguiu proferir nenhuma. Por alguma razão diabólica, as únicas palavras que conseguiu pronunciar foram:

"Querida dama, quem me dera ser tão encantador, tão encantador!"

SOL E LUA

À tarde chegaram as cadeiras, uma grande carreta repleta de cadeiras douradas com os pés para cima. E depois chegaram as flores. Quando se olhava do balcão para as pessoas carregando os vasos de flores, eles pareciam chapéus muito jeitosos acenando pelo caminho.

Lua pensou que fossem chapéus. Ela disse:

"Olhe. Há um homem usando uma palmeira na cabeça." Mas ela nunca sabia a diferença entre coisas reais e fictícias.

Não havia ninguém para tomar conta de Sol e Lua. A babá estava ajudando Annie a alterar o vestido da mãe, que era longo demais e apertado demais debaixo dos braços, e a mãe estava correndo para todo lado da casa e ligando para o pai para assegurar-se de que ele não se esqueceria das coisas. Ela só tinha tempo de dizer:

"Fora do meu caminho, crianças!"

Elas saíam do caminho – de qualquer forma, Sol saía. Ele detestava muito ser mandado de volta para o quarto das crianças. Lua não se importava. Se ela se enrolava nas pernas das pessoas, elas a pegavam e a chacoalhavam até ela gemer. Mas Sol era muito pesado para isso. Ele era tão pesado que o homem gordo que vinha jantar aos domingos costumava dizer:

"Agora, rapazinho, vamos tentar levantá-lo." E ele colocava seus polegares sob os braços de Sol, e gemia, e fazia força e afinal desistia, dizendo: "Ele é uma tonelada de tijolos perfeita!"

Quase toda a mobília foi retirada da sala de jantar. O grande piano foi colocado em um canto e então trouxeram uma fileira de vasos de flores e, depois, as cadeiras douradas. Tudo era para o concerto. Quando Sol deu uma olhadela, um homem de rosto branco estava sentado ao piano – não tocando, mas batendo nele e olhando dentro. Ele colocara uma sacola de ferramentas em cima do piano e seu chapéu sobre uma estátua perto da parede. Às vezes, começava a tocar e depois se levantava de novo e olhava dentro. Sol esperava que ele não "fosse" o concerto.

Mas, claro, o melhor lugar para se estar era na cozinha. Havia um homem, com um chapéu que parecia um manjar branco, ajudando, e a cozinheira de verdade, Minnie, estava toda vermelha, rindo. Nem um pouco brava. Ela deu para os dois um biscoito de amêndoas e colocou-os em cima da lata de farinha, para que eles pudessem ver todas as coisas maravilhosas que ela e o homem estavam fazendo para o jantar. A cozinheira trouxe as coisas e colocou-as em pratos e cortou-as. Ela polvilhou com pedacinhos vermelhos, e verdes e amarelos os peixes inteiros, ainda com as cabeças, e os olhos e os rabos; fez um monte de rabiscos em cima das gelatinas, colocou um colarinho e um tipo de garfo bem fininho no presunto; pôs pontinhos de amêndoas e biscoitinhos redondos nos cremes. E mais e mais coisas chegavam.

"Ah, mas vocês ainda não viram o bolo gelado", disse a cozinheira. "Venham comigo." "Por que ela estava tão boazinha?", pensou Sol enquanto ela lhes dava a mão. E eles olharam dentro da geladeira.

Ah! Ah! Ah! Era uma casinha. Era uma casinha rosada com neve branca no telhado, janelas verdes e uma porta marrom, e havia uma noz grudada na porta, servindo de maçaneta.

Quando Sol viu a noz, sentiu-se muito cansado e teve que se apoiar na cozinheira.

"Deixe-me tocá-la. Só colocar o dedo no telhado", pediu Lua, dançando. Ela sempre queria tocar toda a comida. Sol não queria.

"Agora, minha garota, fique espertinha na mesa", disse a cozinheira quando a criada entrou.

"É uma pintura, Min", disse Nellie. "Venha comigo dar uma olhada." Então elas andaram até a sala de jantar. Sol e Lua quase sentiram medo. Eles não foram até a mesa logo; ficaram perto da porta espiando.

Não era noite de verdade, mas as persianas estavam fechadas, e as luzes acesas na sala de jantar – e todas as luzes eram rosas vermelhas. Laços vermelhos e punhados de rosas estavam amarrados nos cantos da mesa. No meio dela, havia um lago com pétalas de rosas boiando.

"É aí que o bolo gelado deve ficar", disse a Cozinheira.

Dois leões prateados com asas tinham frutas nas costas, e os saleiros eram passarinhos bebendo água em uma fonte.

E todos os copos cintilantes, e os pratos reluzentes e as facas e garfos brilhando – e toda a comida. E os pequenos guardanapos vermelhos transformados em rosas...

"As pessoas vão comer a comida?", perguntou Sol.

"Espero que comam", riu a Cozinheira, junto com Nellie. Lua riu também; ela sempre fazia o que as outras pessoas estavam fazendo. Mas Sol não quis rir. Ele ficou andando em círculos com as mãos atrás das costas. Talvez nunca tivesse parado se a babá não os tivesse chamado de repente:

"Então, crianças. Já passou da hora de vocês tomarem banho e se vestirem." E eles foram conduzidos para o quarto das crianças.

Enquanto suas roupas eram desabotoadas, a mãe olhou para dentro do quarto com uma coisa branca sobre os ombros; estava esfregando uma coisa no rosto dela.

"Vou chamá-los quando precisar deles, babá, e então eles poderão descer, ser vistos e voltar para cá de novo", disse ela.

Sol foi despido, quase até ficar completamente nu, e vestido de novo com uma camisa branca com margaridas brancas e vermelhas, calças curtas com cordas do lado e suspensórios por cima, meias brancas e sapatos vermelhos.

"Agora você está com a sua fantasia russa", disse a babá, alisando a franja dele.

"Estou?", disse Sol.

"Sim. Sente-se quietinho naquela cadeira e veja sua irmãzinha." Lua demorou séculos. Quando colocaram suas meias, ela fingiu cair pra trás na cama e balançou suas pernas para a babá como sempre fazia. E, toda vez, a babá tentava arrumar seus cachinhos girando um dedo e uma escova molhada, e ela pedia para a babá mostrar-lhe a foto do seu broche ou algo parecido. Mas finalmente ela também ficou pronta. O vestido dela tinha um pelo todo branco e ficava todo cheio; tinha até uma coisa fofa nas pernas da meia-calça dela. Seus sapatos eram brancos com umas bolas grandes.

"Aí está você, meu cordeirinho", disse a babá. "E você parece o lindo anjinho da foto do aplicador de pó!" A babá correu até a porta. "Madame, um momento."

A mãe veio novamente com metade do cabelo para baixo.

"Ah', ela gritou. "Que imagem!"

"Não é?", disse a babá.

E Lua segurou a saia com a ponta dos dedos e arrastou um pé para trás. Sol não se importava se as pessoas não o notassem – não muito...

Depois disso, brincaram de jogos bem quietinhos e limpinhos na mesa enquanto a babá ficava à porta e quando as carruagens começaram a chegar, e o som de risadas, vozes e arfar de vestidos veio lá de baixo, ela suspirou:

"Agora, crianças, fiquem onde estão." Lua puxava a toalha da mesa para o lado dela a toda hora, e Sol ficava sem toalha do lado dele – e ela ainda fingia que não fazia de propósito.

Finalmente o sino tocou. A babá agarrou-os com a escova de cabelos, alisou a franja dele, arrumou o laço dela e juntou as mãos deles.

"Para baixo!", ela sussurrou.

E para baixo eles foram. Sol se sentiu estranho segurando a mão da Lua, mas a menina parecia gostar. Ela balançou o braço, e o sininho no bracelete coral dela tocou.

Na sala de visitas, a mãe, em pé, se abanava com um leque preto. A sala de visitas estava repleta de damas cheirosas, sedosas, arfando seus vestidos e homens de preto usando casacos com rabos engraçados – como besouros. O pai estava entre eles, falando muito alto e chacoalhando algo no bolso.

"Que imagem!", gritaram as damas. "Ah, os patinhos! Ah, os carneirinhos! Ah, que adoráveis! Ah, que queridinhos!"

Todos que não conseguiam se aproximar de Lua beijavam Sol, e uma velha senhora magérrima com dentes que estala-vam disse:

"Que bonequinho mais sério", e bateu na cabeça dele com algo duro.

Sol olhou para ver se o mesmo concerto estava lá, mas ele tinha ido embora. Em vez dele, um homem gordo com uma cabeça rosada se apoiava no piano enquanto conversava com uma garota que segurava um violino perto da orelha.

Só havia um único homem de quem Sol realmente gostava. Ele era um homenzinho grisalho, com longas suíças brancas, que perambulava sozinho. Ele veio até Sol, mexeu os olhos de uma maneira engraçada e disse:

"Olá, meu jovem." E se afastou. Mas logo voltou e perguntou: "Gosta de cachorros?" Sol respondeu: "Sim". E então ele foi embora de novo e, apesar de Sol procurá-lo por toda parte, não conseguia encontrá-lo. Pensou que talvez ele tivesse ido lá fora buscar um filhotinho.

"Boa noite, meus bebês preciosos", disse a mãe, abraçando-os com os braços nus. "Voem até seu ninho."

Então Lua fez papel de tola novamente. Levantou seus braços na frente de todos e disse:

'Meu papai tem que me carregar."

Mas todos pareceram gostar, e papai abaixou-se e a pegou como sempre fazia.

A babá estava com tanta pressa de mandá-los para a cama que até mesmo interrompeu as orações de Sol e disse:

"Apresse-se com isso, criança, vamos." E logo depois já estavam na cama, no escuro, exceto pela luzinha no pires.

"Está dormindo?", perguntou Lua.

"Não", disse Sol. "Você está?"

"Não", disse Lua.

Um pouco depois, Sol acordou de novo. Havia um barulho alto, alto de palmas, lá embaixo, como quando está chovendo. Ele ouviu Lua se virar.

"Lua, você está acordada?"

"Sim, e você?"

"Sim. Bom, vamos olhar as estrelas."

Tinham acabado de se ajeitar no degrau mais alto quando a porta da sala de visitas se abriu e eles ouviram a festa sair do saguão para a sala de jantar. Então a porta foi fechada; houve um barulho de "pops" e risadas. Então o barulho parou, e Sol os viu andando em círculos em volta da mesa adorável com suas mãos para trás das costas, como ele tinha feito...Andavam em círculos, olhando e olhando. O homem de bigode cinza foi o que mais gostou da casinha. Quando ele viu a noz da maçaneta, balançou os olhos como tinha feito antes e disse para Sol:

"Viu a noz?"

"Não balance sua cabeça assim, Lua."

"Não estou balançando. Você que está."

"Não, não estou. Eu nunca balanço minha cabeça."

"Ah, balança, sim. Está balançando agora."

"Não estou. Só estou mostrando para você como não fazer."

Quando acordaram novamente, eles só conseguiam ouvir a voz do pai muito alta e a mãe rindo muito. O pai saiu da sala de jantar, pulou escada acima e quase caiu em cima deles.

"Olá!", disse ele. "Por Deus, Kitty, venha aqui dar uma olhada nisso."

A mãe apareceu.

"Ah, suas crianças levadas", disse ela do saguão.

"Vamos levá-los para baixo e dar-lhes um osso", disse o pai. Sol nunca o tinha visto tão alegre.

"Não, com certeza não", disse a mãe.

"Ah, meu papai, sim! Leve-nos para baixo", disse Lua.

"Vou morrer se não levá-los", gritou o pai. "Não vou ser intimidado. Kitty! A caminho." E levantou-os, colocando um sob cada braço.

Sol pensou que a mãe iria ficar incrivelmente brava. Mas não ficou. Continuou rindo para o pai.

"Ah, seu menino terrível!" disse ela. Mas ela não se referia a Sol.

"Vamos lá, crianças. Venham escolher o que vocês querem", disse esse pai feliz. Mas Lua parou um instante.

"Mãe – seu vestido caiu desse lado."

"Caiu?", perguntou a mãe. E o pai disse "sim" e fingiu morder o ombro branco dela, mas ela o empurrou.

E então voltaram para a linda sala de jantar.

Mas – ah! Ah! O que tinha acontecido? Os laços e as rosas estavam todos desfeitos. Os guardanapos vermelhos, no chão, e todos os pratos reluzentes e os copos cintilantes estavam sujos. A adorável comida que o homem tinha cortado estava jogada para todo lado, e havia ossos, pedaços e cascas de frutas e conchas em todo lugar. Havia até mesmo uma garrafa de ponta-cabeça derramando alguma coisa na toalha e ninguém a tinha colocado de pé novamente.

E a casinha rosada com o telhado de neve e as janelas verdes estava quebrada – quebrada –, derretida pela metade no centro da mesa.

"Venha, Sol", disse o pai, fingindo não notar.

Lua levantou as pernas do pijama, se arrastou até a mesa e ficou em pé sobre uma cadeira, dando gritinhos.

"Coma um pedaço do bolo", disse o pai, destruindo mais uma parte do telhado.

A mãe pegou um pratinho e o segurou para ele, colocando seu outro braço em volta do pescoço dele.

"Papai. Papai", gritou Lua. "A maçaneta ainda está aí. A pequena noz. Posso comê-la?" E ela se esticou, puxou-a da portinha e a levou à boca, mordendo forte e piscando os olhos.

"Venha cá, meu rapaz", disse o pai.

Mas Sol não arredou da porta. De repente, levantou a cabeça e gritou alto.

"Acho horrível! Horrível! Horrível!", choramingou.

"Viu, não disse?", observou a mãe. "Não disse?"

"Embora agora", disse o pai, não mais feliz.

"Agora mesmo. Embora!"

E, chorando alto, Sol bateu os pés rumo ao quarto das crianças.

FEUILLE D'ALBUM[45]

Ele realmente era uma pessoa difícil. Extremamente tímido também. Sem absolutamente nada a seu favor. E tão inconveniente. Quando estava em seu ateliê, nunca sabia quando ir embora, ficava sentado até que alguém praticamente gritasse, ansiando por jogar algo enorme nele – a fornalha de ferro, por exemplo – para que ele fosse embora. O estranho era que, à primeira vista, ele parecia interessante. Todo mundo concordava quanto a isso. Se você aparecesse no café uma noite qualquer, veria ali – sentado em um canto diante de um copo de café – um garoto magro e misterioso vestindo um suéter azul com uma jaqueta de flanela cinza por cima. E, de alguma forma, aquele suéter azul e a jaqueta cinza com mangas muito curtas davam-lhe a aparência de um garoto que decidira fugir para o mar. Que tinha fugido, na verdade, e levantaria a qualquer momento, colocar uma trouxa nas

---

45 Página de um álbum, em francês. (N. do T.)

costas com seu pijama e uma foto da mãe, andar noite adentro e se afogar... Até mesmo tropeçar na beira do cais no caminho para o navio... Ele tinha cabelos negros cortados curtos, olhos cinza com longos cílios, bochechas brancas e fazia um beicinho como se estivesse determinado a não chorar... Como alguém poderia resistir? Ah, qualquer coração ficava partido ao vê-lo. E, como se não fosse suficiente, ele tinha o truque de ruborizar...

Sempre que o garçom se aproximava, ele ficava vermelho – parecia que ele acabara de sair da prisão e o garçom sabia...

"Quem é ele, meu querido? Você o conhece?"

"Sim. Seu nome é Ian French. Pintor. Dizem que é extremamente inteligente. Uma mulher começou a dar-lhe uma atenção quase maternal. Ela perguntava-lhe com que frequência ele tinha notícias de casa, se tinha cobertores suficientes na cama, quanto leite ele bebia por dia. Mas, quando ela foi visitá-lo no seu ateliê para dar uma olhada em suas condições, ela tocou e tocou e, apesar de ela jurar ter ouvido alguém respirando lá dentro, ninguém atendeu a porta... Incorrigível!"

"Uma outra mulher decidiu que ele deveria se apaixonar. Ela o atraiu, chamou-o de 'garoto', inclinou-se sobre ele para que pudesse sentir o perfume encantador dos cabelos dela, pegou seu braço, contou-lhe como a vida poderia ser maravilhosa se ele tivesse coragem e foi a seu ateliê certa noite, e bateu e bateu... Incorrigível."

"'O que o pobre rapaz precisa realmente é de total animação', disse ainda uma terceira mulher. Então foram juntos para cafés e cabarés, bailes, lugares onde se bebia algo com gosto de suco de damasco mas que custava vinte e sete xelins por garrafa e era chamado champanhe; outros lugares excitantes demais para serem descritos, onde sentava-se na mais completa tristeza, e sempre havia alguém que levara um tiro na véspera.

Mas ele não se abalava. Somente uma vez tinha ficado bêbado, porém, em vez de se abrir, lá ficou, sentado, duro, com duas manchas vermelhas nas bochechas como – sim, minha querida – naquela música que estavam tocando, como uma *Broken Doll* [46]. Mas, quando ela o levou de volta para o ateliê dele, ele já estava sóbrio e deu-lhe 'boa noite' na rua mesmo, como se estivessem voltando juntos da igreja... Incorrigível."

"Depois de sabe lá Deus quantas tentativas – porque o espírito da gentileza demora a morrer nas mulheres –, elas desistiram. Claro, elas continuavam perfeitamente encantadoras e o convidavam para suas apresentações, falavam com ele no café, mas isso era tudo.

Quando se é um artista, simplesmente não há tempo para pessoas que não correspondem. Não é?"

"Além disso, acho de verdade que deve haver algo meio suspeito em algum lugar... Não acha? Ele não pode ser tão inocente quanto parece! Por que vir para Paris se você não quer se divertir? Não, não estou suspeitando dele. Mas..."

Ele morava no andar mais alto de um edifício soturno com vista para o rio. Um daqueles prédios que parecem românticos tanto em noites chuvosas quanto em noites de luar, com as

---

[46] *Broken Doll*, literalmente Boneca Quebrada, é o nome de uma música escrita pelo compositor inglês James William Tate (1875-1922), que foi sucesso em 1916. (N. do T.)

persianas fechadas, a pesada porta, e um aviso anunciando "pequeno apartamento para alugar imediatamente" em evidência, extremamente desamparado. Um daqueles prédios que têm um odor tão pouco romântico durante o ano todo, onde a zeladora vive em uma gaiola de vidro no térreo, enrolada em um xale imundo, mexendo algo em uma panela e servindo pedacinhos para o velho cão inchado, estirado em uma almofada de contas... Empoleirado no alto, o ateliê tinha uma vista maravilhosa. Duas janelas grandes davam para o rio; ele podia ver os barcos e barcaças para lá e para cá e a margem de uma ilha repleta de árvores, tal qual um buquê.

A janela lateral tinha vista para outra casa, ainda menor e mais desprezível, e para um mercado de flores logo abaixo. Podia-se ver o alto dos imensos guarda-sóis, de onde escapavam pedaços de flores coloridas, barracas cobertas de lonas listradas onde se vendiam plantas em caixas e mudas úmidas e brilhantes de palmeiras em vasos de cerâmica. Velhas senhoras passavam rápido entre as flores, de um lado para outro, como caranguejos. Na verdade, ele não tinha necessidade de sair. Se ficasse sentado à janela até que sua barba branca caísse pelo peitoril, ele ainda acharia algo para desenhar...

Quão surpresas não ficariam aquelas gentis mulheres se tivessem forçado a porta. Porque ele mantinha seu ateliê extremamente arrumado. Tudo era organizado para formar um padrão, uma pequena "natureza-morta" – as panelas com suas tampas na parede atrás do fogão, a tigela dos ovos, a jarra de leite e a chaleira na prateleira, os livros e o abajur com cúpula de papel craquelê na mesa.

A cortina estampada com uma barra de leopardos vermelhos marchando cobria sua cama durante o dia e, na parede ao lado da mesa, na altura dos olhos de quem estava deitado, havia um aviso pequeno e impresso claramente:

"LEVANTE-SE IMEDIATAMENTE".

Todos os dias eram muito semelhantes. Enquanto a luz estava boa, ele pintava com afinco; depois, cozinhava suas refeições e arrumava tudo. E à noite ele ia para o café ou se sentava em casa, lendo ou elaborando uma lista de despesas extremamente complicada com o título: "O que eu devo fazer com a quantia..." e terminando com o juramento –

"...Eu juro não exceder esta quantia no próximo mês". Assinado, Ian French.

Nada muito suspeito até aqui; mas aquelas mulheres, perspicazes, estavam certas. Isso não era tudo.

Certa noite ele estava sentado à janela lateral comendo ameixas e jogando os caroços nos guarda-sóis enormes do mercado de flores deserto. Chovera – a primeira chuva da primavera tinha caído – um brilho de lantejoulas pairava sobre tudo, e o ar cheirava a botões de flores e terra molhada. Muitas vozes lânguidas e satisfeitas ecoavam no ar sombrio, e as pessoas que tinham vindo fechar as janelas e persianas deixavam-se ficar inclinadas para fora. Lá embaixo, no mercado, as árvores estavam pontilhadas de um verde novo.

"Que tipo de árvores eram aquelas?", ele se perguntou. E lá vinha o acendedor de lampiões. Ele olhou fixamente para a casa ao lado, a casa pequena e desprezível, e subitamente, como em uma resposta ao seu olhar, duas folhas da janela se abriram e uma garota saiu no balcão minúsculo carregando um vaso de narcisos. Era uma menina estranhamente magra, com um avental escuro e um lenço rosa amarrado sobre os cabelos. Suas mangas estavam arregaçadas até quase os ombros e seus braços finos brilhavam no escuro.

"Sim, está suficientemente quente. Isso lhes fará bem", disse ela, deixando o vaso no chão e se virando para alguém dentro da sala. Ao se virar, colocou as mãos no lenço e arrumou alguns cachos de cabelo. Olhou para baixo em direção ao mercado deserto e depois para o céu, mas de onde ele estava sentado parecia haver um buraco no ar; ela simplesmente não via a casa em frente. E, então, ela desapareceu.

O coração dele caiu pela janela lateral do ateliê, rolando pelo balcão da casa dela – e se enterrou no vaso de narcisos, sob os botões entreabertos e os brotos verdes... A sala com o balcão era a sala de visitas, e ao lado ficava a cozinha. Ele ouvia o bater dos pratos quando ela lavava a louça depois do jantar. Depois ela veio até a janela, passou um esfregão no peitoril e pendurou-o em um prego para secar. Ela nunca cantava ou desfazia suas tranças ou levantava os braços para a lua como garotas geralmente fazem. E sempre usava o mesmo avental escuro e o lenço amarrado sobre os cabelos... Com quem ela vivia? Ninguém mais se aproximava das duas janelas e, ainda assim, ela sempre falava com alguém na sala. Sua mãe, ele pressupôs, era inválida. Elas costuravam para fora. O pai estava morto...

Ele havia sido um jornalista – muito pálido, com longos bigodes e uma mecha do cabelo preto caindo sobre a testa. Mesmo trabalhando o dia todo, tinham apenas dinheiro suficiente para viver, e nunca saíam e não tinham amigos. Agora, quando ele se sentava à mesa, tinha que fazer uma nova lista de promessas: "Não ir para a janela lateral antes de uma certa hora". Assinado: Ian French. "Não pensar nela até finalizar as pinturas do dia." Assinado: Ian French.

Era muito simples. Ela era a única pessoa que ele queria conhecer de verdade, porque ela era – ele resolveu – a única pessoa viva com a mesma idade que ele. Ele não suportava garotas risonhas e não se importava com mulheres adultas... Ela tinha a sua idade, ela era... bem, exatamente como ele. Ele sentava-se em seu ateliê escuro, cansado, com um braço para trás do encosto da cadeira, olhando para ela pela janela e imaginando-se lá com ela. Ela tinha um temperamento violento; às vezes, discutiam terrivelmente, ela e ele.

Ela tinha uma forma de bater o pé e enrolar as mãos no avental... furiosa. E muito raramente ria. Apenas quando contava para ele sobre um gatinho ridículo que ela tivera, que costumava rugir e fingir ser um leão quando ela lhe dava carne para comer. Coisas assim a faziam rir...

Mas habitualmente sentavam-se juntos em silêncio; ele, exatamente como estava sentado agora, e ela com suas mãos dobradas sobre as pernas, sentada sobre os calcanhares, falando baixo ou em silêncio e cansada depois de um dia de trabalho.

Claro, a garota nunca lhe perguntava sobre suas pinturas e, obviamente, ele fazia desenhos maravilhosos dela – que ela odiava porque ele a desenhava muito magra e misteriosa...

Mas como ele faria para conhecê-la? Isso poderia se prolongar por anos...

Então ele descobriu que toda semana, à noite, ela saía para fazer compras. Por duas quintas-feiras seguidas, ela veio até a janela vestindo uma capa antiquada sobre o avental, carregando uma cesta. Ele não conseguia ver a porta da casa dela de onde estava sentado, mas na noite da quinta-feira seguinte, no mesmo horário, ele pegou seu chapéu e correu escada abaixo. Uma adorável luz cor-de-rosa iluminava tudo. Ele viu a luz cintilando sobre o rio, e as pessoas vindo em sua direção tinham rostos e mãos rosados.

Ele se apoiou na lateral do prédio para esperá-la, sem ter a mínima ideia do que iria fazer ou dizer. "Lá vem ela", disse uma voz na sua cabeça. Ela andava muito rápido, a passos curtos e leves; carregava a cesta em uma mão, e com a outra mantinha a capa junto de si... O que ele poderia fazer? Poderia apenas segui-la... Primeiro, ela foi até a mercearia, ficando um bom tempo lá, depois foi ao açougueiro, onde teve que esperar sua vez. Dali foi ao armarinho, onde passou muito tempo em busca de coisas que combinassem e depois à quitanda, onde comprou um limão.

Enquanto ele a observava, tinha ainda mais certeza de que precisava conhecê-la, agora. Sua compostura, seriedade e sua solidão, o próprio jeito de andar como se tivesse pressa de terminar logo as tarefas de adulto, tudo nela era tão natural e tão inevitável para ele.

"Sim, ela é sempre assim", pensou ele com orgulho. "Não temos nada a ver com essas pessoas."

Mas agora ela voltava para casa e ele continuava tão distante quanto antes... Subitamente, ela entrou na leiteria e, pela vitrine, ele a viu comprando um ovo. Ela o pegou da cesta com tanto cuidado – um ovo vermelho, com um formato perfeito, exatamente o mesmo que ele teria escolhido. E, quando ela saiu da leiteria, ele entrou.

Em um instante, saiu novamente e a seguiu, além da casa dele, através do mercado de flores, desviando dos imensos guarda-sóis e pisando nas flores caídas e nas marcas redondas onde estiveram os vasos... Furtivamente, entrou pela porta dela, seguiu-a pelas escadas acima tomando o cuidado de sincronizar seus passos com os dela, para que ela não o percebesse. Finalmente, ela parou no seu piso e tirou a chave da bolsa. Assim que ela a colocou na fechadura, ele correu até ela.

Mais ruborizado do que nunca mas olhando-a seriamente, disse, quase com raiva:

"Perdão, senhorita, deixou cair isto". E entregou-lhe um ovo.

PICLES DE PEPINO

E então, depois de seis anos, ela o viu novamente. Ele estava sentado a uma daquelas mesas de bambu decoradas com um vaso japonês com narcisos de papel. Tinha uma fruteira alta diante dele e, com muito cuidado, de uma maneira que ela reconheceu imediatamente como a maneira "especial" dele de fazer as coisas, descascava uma laranja.

Ele deve ter sentido o choque do reconhecimento dela, já que levantou o olhar e encontrou seus olhos. Incrível! Ele não a reconheceu! Ela sorriu, ele franziu a testa. Ela foi até ele. Ele fechou os olhos por um instante, mas, ao abri-los novamente, seu rosto se iluminou como se tivesse acendido um fósforo em uma sala escura. Ele pousou a laranja e afastou a cadeira, ela tirou a mão quente do regalo[47], estendendo-a para ele.

"Vera!", exclamou. "Que estranho! Por um instante não a

---

47 Um regalo (*muff*, no original) é um acessório para agasalhar as mãos, raramente usado no Brasil. Trata-se de um cilindro de pele ou tecido com as extremidades abertas para enfiar as mãos. (N. do T.)

reconheci, de verdade. Não quer sentar-se? Já almoçou? Gostaria de um café?" Ela hesitou, mas é claro que aceitaria.

"Sim, gostaria de um café." E sentou-se diante dele.

"Você mudou. Você mudou muito", disse ele, olhando fixamente para ela com seu olhar iluminado e ansioso. "Você parece tão bem. Nunca a vi tão bem antes."

"Mesmo? Ela levantou o véu e desabotoou o colarinho de pele. "Não me sinto tão bem. Não suporto esse tempo, você sabe."

"Ah, não. Você odeia o frio..."

"Desprezo." Ela tremeu.

"E o pior é que, quando se envelhece..."

Ele a interrompeu. "Com licença." E bateu na mesa para chamar a garçonete. "Por favor, traga-nos café e creme. E para ela: "Tem certeza de que não quer comer nada? Uma fruta, talvez. As frutas aqui são muito boas."

"Não, obrigada. Nada."

"Então é isso." E, dando um sorriso um pouco largo demais, pegou novamente a laranja. "Você estava dizendo – quando se envelhece..."

"Mais frio se sente", ela riu. Mas estava pensando em como se lembrava do velho hábito dele – o hábito de interrompê-la – e como isso a irritava seis anos atrás. Ela costumava sentir como se ele, subitamente, no meio do que ela estava dizendo, colocava sua mão sobre os lábios dela, virava-lhe as costas, dava atenção a algo completamente diferente e, então, retirava sua mão e voltava a prestar atenção nela de novo com o mesmo sorriso largo demais... Agora, sim. Então é isso.

"Mais frio se sente!" Ele ecoou suas palavras, rindo também. "Ah, ah. Você ainda diz as mesmas coisas. E há algo mais que não mudou nada em você: sua linda voz, seu jeito lindo de falar." Agora ele se tornara sério; inclinou-se na direção dela e ela pôde sentir o aroma quente e ácido das cascas de laranja. "Você só precisa dizer uma palavra e eu reconheceria sua voz dentre todas as outras. Não sei o que é – sempre me perguntei – que faz da sua voz uma... lembrança assombrada. Lembra-se daquela primeira tarde que passamos juntos em Kew Gardens[48]? Você ficou tão surpresa por eu não saber o nome de nenhuma flor. Continuo tão ignorante quanto antes, apesar de tudo que me ensinou. Mas sempre que o dia está bom e quente e vejo algumas cores vibrantes – é muito estranho – eu ouço sua voz me dizendo: 'Gerânios, calêndulas e verbenas'. E sinto que essas três palavras são tudo que eu lembro de uma língua esquecida, celestial. Você se lembra daquela tarde?

"Ah, sim, muito bem. Ela deu um suspiro longo e suave, como se os narcisos de papel entre eles fossem delicados demais para suportar. Ainda assim, o que ficou na sua mente daquela tarde em especial era uma cena ridícula na mesa de chá. Inúmeras pessoas tomando chá no pavilhão chinês e ele comportando-se como um maluco por causa das vespas – espantando-as com os braços, batendo nelas com seu chapéu de palha, exageradamente sério e furioso para a ocasião. Como as outras pessoas se encantaram com a cena, rindo entre dentes! E como ela sofrera.

---

48 Jardim Botânico Real, localizado em Richmond, cidade no subúrbio de Londres. (N. do T.)

Mas agora, enquanto ele falava, essa lembrança se esvaiu. As recordações dele eram mais reais. Sim, tinha sido uma tarde maravilhosa, repleta de gerânios, calêndulas, verbenas e... o sol quente. Seus pensamentos se demoraram nessas duas últimas palavras como se ela as estivesse cantando.

No calor da lembrança, outra veio à sua mente. Ela se viu sentada sobre um gramado. Depois de um longo silêncio, deitado ao lado dela, ele se virou subitamente e colocou a cabeça em seu colo. "Eu gostaria", disse ele, com uma voz baixa e transtornada, "eu gostaria que tivesse tomado veneno e estivesse para morrer – aqui, agora!"

Naquele instante, uma garotinha de vestido branco, segurando uma longa flor de lótus pingando água, saiu de trás de uma moita, encarou-os e voltou a se esconder novamente. Mas ele não a viu. Vera se inclinou sobre ele.

"Ah, por que você diz isso? Eu não poderia dizer o mesmo."

Ele soltou uma espécie de gemido fraco, segurou a mão dela e apertou-a contra seu rosto.

"Porque eu sei que vou amá-la muito – demais até. E devo sofrer terrivelmente, Vera, porque você nunca, nunca vai me amar."

Ele estava muito mais bonito agora do que naquela época. Ele tinha perdido toda aquela indecisão e ambiguidade românticas. Agora, tinha a atitude de um homem que achou seu lugar na vida e que a preenche com autoconfiança e segurança, o que, para dizer o mínimo, era admirável. Ele deve ter ganho dinheiro também. Suas roupas eram encantadoras e, naquele instante, tirava uma cigarreira russa do bolso.

"Quer um cigarro?"

"Sim, quero." Ela deu uma olhada nos cigarros. "Eles parecem muito bons."

"Acho que sim. Um homem na Rua Saint James os faz especialmente para mim. Não fumo muito. Não sou como você. Mas, quando fumo, tenho que fumar cigarros saborosos, acabados de fazer. Fumar não é um hábito para mim; é um luxo – como perfume. Você ainda adora perfumes? Ah, quando estive na Rússia…"

Ela o interrompeu: "Você foi para a Rússia?"

"Ah, sim. Estive lá por mais de um ano. Esqueceu de como falávamos em ir para lá?"

"Não, não esqueci."

Ele soltou uma risadinha estranha e recostou-se na cadeira.

"Não é curioso? Eu realmente realizei todos os planos que fizemos. Sim, estive em todos os lugares de que falávamos e fiquei neles tempo suficiente para – como você costumava dizer – 'experimentá-los'. Na verdade, passei os três últimos anos viajando sem parar. Espanha, Córsega, Sibéria, Rússia, Egito. O único país que resta é a China, e pretendo ir para lá quando a guerra acabar.

Enquanto ele falava suavemente, batendo a ponta do cigarro no cinzeiro, ela sentiu aquela fera adormecida por tanto tempo no seu peito se mexer, esticar os braços, bocejar, eriçar as orelhas e subitamente pôr-se de pé, avistando aqueles lugares longínquos. Mas tudo que ela disse, sorrindo levemente, foi:

"Como invejo você."

Ele apenas acenou.

"Tem sido", disse, "realmente maravilhoso – especialmente a Rússia. A Rússia é tudo que nós imaginávamos e muito, muito mais. Cheguei até a passar alguns dias em um barco no Rio Volga. Lembra-se da música do barqueiro que você costumava tocar?

"Sim." E a música começou a tocar na sua mente assim que ela respondeu.

"Você ainda toca?"

"Não, não tenho mais piano."

Ele ficou surpreso.

"Mas o que aconteceu com o seu lindo piano?"

Ela fez uma careta.

"Vendi. Há séculos."

"Mas você adorava música", admirou-se ele.

"Não tenho tempo para isso agora", ela disse.

Ele não falou mais sobre o assunto.

"A vida no rio", continuou, "é realmente especial.

Depois de um dia ou dois, você não acredita que tenha vivido de outra forma. E não é preciso entender a língua – a vida no barco cria um laço entre você e os tripulantes que é mais que suficiente. Você come com eles, passa o dia com eles e, à noite, a cantoria nunca acaba. Ela estremeceu, ouvindo a trágica música do barqueiro em alto e bom som, e vendo o barco flutuando no rio escuro, cercado de árvores sombrias...

"Sim, aposto que adoraria", disse, acariciando o regalo.

"Você gostaria de quase tudo na vida dos russos", disse ele alegremente. "É tão informal, tão impulsiva, tão libertadora. E os camponeses são maravilhosos. São tão humanos – sim, essa é a palavra. Até mesmo o homem que conduz sua carruagem tem... tem um papel real no que está acontecendo. Lembro-me de uma noite em que nosso grupo – dois amigos meus e a mulher de um deles – foi fazer um piquenique às margens do Mar Negro. Levamos comida e champanhe, comemos e bebemos sobre a grama. E, enquanto comíamos, o cocheiro veio até nós:

'Coma um picles de pepino,' disse ele. Ele queria compartilhar conosco. E aquilo me pareceu tão verdadeiro, tão... entende o que quero dizer?"

E ela se viu naquele instante no campo ao lado do misterioso Mar Negro, preto como veludo, chegando à margem em ondas silenciosas, aveludadas. Ela viu a carruagem parada em um lado da estrada e o pequeno grupo na grama, seus rostos e mãos brancos como o luar. Ela viu o vestido claro da mulher estendido no chão, junto com seu guarda-sol fechado, tal qual uma imensa agulha de crochê perolada. Além deles, com seu jantar apoiado em uma toalha sobre os joelhos, lá estava o cocheiro sentado. "Coma um picles de pepino", dizia ele, e, apesar de não saber ao certo o que era um picles de pepino, ela viu o pote esverdeado com uma pimenta parecida com o bico de um papagaio aparecendo. Ela apertou a boca; o picles de pepino era extremamente azedo...

"Sim, eu entendo exatamente o que você quer dizer", disse.

Pararam de falar por um instante e seus olhares se encontraram. Quando se olhavam assim no passado, sentiam uma compreensão mútua tão grande que suas almas pareciam se jogar no mar abraçadas, contentes em se afogar, como amantes em luto. Mas agora o surpreendente é que era ele que se esquivava. Ele disse: "Que ouvinte maravilhosa você é. Quando você me encara com esses olhos selvagens, eu sinto que poderia dizer-lhe coisas que nunca mencionaria a outro ser humano."

Havia algo de irônico na sua voz ou era impressão dela? Ela não tinha certeza.

"Antes de conhecer você", ele disse, "eu nunca tinha falado de mim para ninguém. Como me lembro bem de uma noite, a noite em que eu lhe trouxe a árvore de Natal e lhe contei tudo sobre a minha infância. Sobre como era tão triste que fugi de casa e me escondi por dois dias embaixo de uma carroça no nosso jardim sem ser descoberto. E você ouvia, seus olhos brilhavam e eu senti que você tinha feito até mesmo a árvore de Natal me ouvir, como em um conto de fadas." Mas daquela noite ela só lembrava de um potinho de caviar. Tinha custado sete xelins e seis centavos. Ele não se conformava. Imagine – um potinho daquele tamanho custar sete xelins e seis centavos! Enquanto ela comia, ele a observava, maravilhado e estupefato.

"Não, de verdade, é como comer dinheiro. Você não conseguiria colocar sete xelins dentro de um potinho desse tamanho. Pense no lucro que eles tiveram... E começou a fazer cálculos extremamente complicados... Mas, agora, adeus caviar. A árvore de Natal estava na mesa e o garotinho se escondia embaixo da carroça com sua cabeça apoiada no cachorro."

"O nome do cachorro era Bosun", lembrou-se ela, maravilhada. Mas ele não a entendeu.

"Que cachorro? Você tinha um cachorro? Eu não me lembro de nenhum cachorro."

"Não, não. Estou falando do cachorro que você tinha quando era garoto." Ela riu e fechou a cigarreira.

"Era esse seu nome? Tinha esquecido completamente. Parece que foi há tanto tempo. Não acredito que só faz seis anos. Depois de tê-la reconhecido hoje, tive que dar um salto enorme – tive que atravessar minha vida inteira para voltar àquela época. Era tão infantil. Tamborilou os dedos na mesa. "Me peguei pensando várias vezes em como devo tê-la aborrecido. E hoje entendo perfeitamente por que você me escreveu aquelas coisas – apesar de, àquela época, sua carta quase ter acabado com a minha vida. Encontrei-a de novo um dia desses e não pude conter o riso enquanto a lia. Era tão inteligente – um retrato tão fiel de mim." Olhou para ela.

"Você já vai?"

Ela tinha abotoado o colarinho de pele e abaixado o véu.

"Sim, temo que precise ir", disse ela e conseguiu sorrir. Agora ela sabia que ele estava sendo irônico.

"Ah, não, por favor", rogou ele. "Fique mais um pouco." E pegou da mesa uma das luvas dela, agarrando-a como se isso a impedisse de partir. "Tenho tão poucas pessoas com quem conversar hoje em dia, que me tornei uma espécie de bárbaro", disse. "Falei algo que a magoou?"

"Absolutamente não", ela mentiu. Mas ao vê-lo mexer na sua luva com os dedos, suavemente, suavemente, sua raiva diminuiu; além disso, agora ele se parecia mais com o homem de seis anos atrás...

"O que eu queria naquela época", disse ele delicadamente, "era ser uma espécie de tapete; me transformar em um tapete para você não ter que se machucar nas pedras pontiagudas e na lama que você detestava tanto. Nada mais pragmático que isso – nada mais egoísta.

Eu só desejava, eventualmente, me transformar em um tapete mágico para levá-la a todos os lugares que você queria tanto conhecer." Enquanto ele falava, ela levantou sua cabeça como se bebesse algo; a estranha fera no seu peito começou a ronronar...

"Eu sentia que você era a pessoa mais solitária no mundo", continuou ele, "e, mesmo assim, talvez você fosse a única pessoa no mundo realmente viva, viva de verdade. Nascida fora de sua época", ele murmurou, alisando a luva, "condenada."

Ó, Deus! O que ela tinha feito? Como ela ousara jogar fora sua felicidade assim? Esse foi o único homem que a compreendera. Era tarde demais? Poderia ser tarde demais? Ela era aquela luva que ele tinha entre os dedos...

"E ainda havia o fato de você não ter amigos e nunca fazer amizades. Eu entendia você, já que também não tinha amigos. Continua assim?"

"Sim", ela suspirou. "Igualzinho. Tão solitária quanto antes."

"Eu também", ele riu baixo, "igualzinho." De repente, num gesto rápido, ele devolveu-lhe a luva e arrastou a cadeira.

"Mas o que me parecia tão misterioso está claro como água agora. Para você também, claro...

Simplesmente, éramos tão egoístas, tão egocêntricos, tão centrados em nós mesmos que não tínhamos espaço em nosso coração para mais ninguém. Você sabia", disse ele, sincero e ingênuo, terrivelmente parecido com aquele homem do passado novamente, "que comecei a estudar um sistema mental quando estava na Rússia e descobri que nós não éramos nem um pouco extravagantes. Trata-se de uma forma muito conhecida de..."

Ela tinha ido embora. Ele ficou ali sentado, atônito, completamente estarrecido... E então pediu a conta à garçonete. "Mas nem tocamos no creme", disse ele. "Por favor, não me cobre por isso."